YELLOW

Emmanuelle Jappert

YELLOW

roman

Ramsay

Yellow
Première édition

Note de l'auteure

Yellow est une fiction. Les personnages ainsi que les situations sont purement fictifs. Néanmoins, certaines scènes, notamment celles en lien avec les captations d'âme/ portraits musicaux réalisés au piano s'inspirent de ma propre expérience.

L'application de la musique aux végétaux, la génodique, présente un intérêt manifeste pour la prévention des maladies et l'optimisation naturelle des rendements dans les cultures de légumes et de fruits. Cette innovation, qui consiste à utiliser des fréquences sonores sur le vivant, est validée par de nombreuses expériences dans plusieurs pays du monde.

Toutes les citations placées au début des chapitres émanent d'interviews de John Lennon ou de sa chanson culte, *Imagine*.

À Guettie, Maman, Mattie.

« La vie, c'est ce qui se passe
pendant que vous êtes occupé à faire autre chose. »

PARTIE 1

LES PREMIÈRES FUMÉES

1.

« Nous resplendissons tous
comme la lune et les étoiles et le soleil. »

Depuis l'université, j'avais développé un toc. Je regardais mes emails plus de deux cents fois dans la journée, même si j'avais la désagréable impression que mon cerveau surchauffait. J'avais beau savoir que j'étais le jouet des petits génies de la Silicon Valley, j'étais devenue dépendante, et je réclamais ma dose de dopamine à chaque clic.

Je me souviens de ce 13 juillet comme si c'était hier. La climatisation fonctionnait mal, et il faisait une chaleur étouffante dans mon bureau, situé au dernier étage de la Tour Montparnasse. L'été avait surgi en force dès le mois de mai, après un hiver interminable. Je mangeais sur le pouce une salade industrielle, assise sur le rebord de mon bureau. Je n'avais pas souhaité sortir avec mon associé, Philippe, ou mes collègues pour la pause déjeuner. Les conversations ponctuées d'anecdotes sur leur conjoint, leurs enfants, le planning du prochain week-end ou la réunion de la veille m'épuisaient d'avance.

Je prévoyais plutôt d'écrire dans mon carnet. C'était un petit temps quotidien que je m'accordais soit au réveil, soit dans la journée, quand il pouvait se glisser dans mon agenda. Une rare parenthèse durant laquelle j'arrivais à ne pas relever compulsivement mes mails. Je fixai mon pot à crayons de couleur, où se mêlaient feutres, stabilos, stylos et marqueurs. Il était posé à côté d'une petite plante grasse, un petit arbre de Jade, près de mon ordinateur. Ces objets étaient insignifiants aux yeux de mes contemporains, mais quand j'étais assise à mon bureau, je pouvais m'émouvoir de tout ce qui leur semblait banal. Je zoomais sur les feuilles ovales, charnues et brillantes de l'arbuste, sur les mines mal taillées de certains de mes crayons et m'attardais sur les embouts mâchouillés. Tout autour de moi, la décoration était soignée et ces détails pouvaient détonner. Mais ils me paraissaient vrais, sans fard, beaux au naturel. Certes abîmés, mais droits malgré tout.

***

Lettre à mon arbre de Jade

Juillet. Je déteste les mois de juillet. Toi seul le sais. Certains écrivent à Dieu, d'autres à eux-mêmes. Moi, j'écris à toi, mon arbre de Jade. Et un jour, je regrouperai tous ces textes pour en faire quelque chose, je m'y engage aujourd'hui devant toi. C'est plus facile. Tu ne parles pas, ne rétorques pas, mais je suis sûre, depuis que j'ai lu je ne sais plus où que « ceux qui accordent leur attention aux arbres savent à quel point, petits ou grands, ils soutiennent les humains[1] *», que tu m'aides en silence.*

1 - Maja Kooitstra, *Communiquer avec les arbres, Expériences spirituelles entre l'homme et la nature, Courrier du livre*, 2000.

Juillet donc. Tout le monde adore cette période de l'année. La plage, les coquillages, le lâcher-prise. À mes yeux, c'est le signe que l'inaction va m'achever. Pourtant, je devrais me réjouir. Il y a un an jour pour jour, je retrouvais ma liberté. Toute ma vie, je m'en souviendrai. Le divorce était prononcé. La vie devrait maintenant être colorée. Mais c'est le gris qui m'a envahie. « IL » ne fait plus partie de mon présent, mais « IL » hante mon passé.

***

Ce jour de juillet, donc, j'avais éteint mon ordinateur afin de n'être pas tentée de regarder compulsivement mes emails, mais j'avais oublié de mettre mon téléphone portable en mode « Avion ». La notification arriva à l'instant où je posais le dernier mot au bas d'une page de mon carnet. Je relevai la tête, apaisée d'avoir créé et déposé un petit bout de moi sur le papier, quand je fus intriguée par l'objet du mail : *« Des nouvelles d'une vieille amie. »*

Je n'avais pas de *vieille* amie, et personne dans mon passé dont j'aurais eu envie d'avoir des nouvelles. J'estimais que, si nous nous étions perdus de vue les uns et les autres au fil des années, il y avait sûrement une bonne raison. J'aimais vivre dans le présent et la nostalgie n'était pas pour moi.

J'ouvris le message et le parcourus rapidement. Il provenait de Millie, mon ancienne colocataire pendant mes années d'université. Avec son nom me revint sa belle insouciance, son petit grain de folie. Nous nous étions rencontrées à une soirée. Elle avait 24 ans et moi, 22. Elle cherchait une colocation, moi aussi. Je logeais alors dans un grand appartement dans le 12e arrondissement de Paris, dont mes parents m'avaient gentiment laissé l'usage. Plus je discutais avec cette fille, plus je voyais en elle la colocataire idéale. Très vite, nous ne nous étions plus quittées. Notre organisation dépendait de notre humeur, souvent au diapason l'une de l'autre. Pas de séparation d'étagères dans le frigo, ou de jour fixe pour passer l'aspirateur. J'avais une âme de designer, et la créativité était un mode de vie pour moi, que j'arrivais à cadrer grâce à l'éducation conventionnelle que j'avais reçue. Millie, elle, considérait toute forme de structure comme son ennemi numéro 1. Elle vivait au gré du vent en faisant des petits boulots. Avec son autodérision à toute épreuve, elle m'apportait une légèreté salutaire. Contrairement à elle, j'avais un plan de carrière. Je voulais monter ma petite entreprise d'objets pour les concept-stores et faire fructifier mon affaire. Quand je tenais ce discours d'entrepreneur à Millie, elle faisait la sourde oreille ou partait dans un rire qui signifiait qu'elle voulait passer à autre chose.

Je fis tourner le téléphone dans mes mains, et laissais mon regard errer par les fenêtres, au-dessus des toits parisiens. Un jour, Millie était tombée amoureuse et avait suivi son *boyfriend* en Angleterre. Sa fougue et son caractère entier avaient balayé tout le reste. Elle était partie du jour au lendemain et semblait m'avoir complètement oubliée. C'était cruel, et je lui en avais terriblement voulu. Son absence soudaine avait laissé un vide béant dans mon grand appartement, et plus encore dans ma vie. Puis je m'étais fait une raison. Après tout, nous avions vécu une année merveilleuse ensemble, et c'était là l'essentiel.

Quelque temps après, j'avais reçu une lettre d'excuses de sa part, écrite sur un beau papier à lettres un peu vintage. Ses mots m'avaient fait du bien, et permis de poursuivre autrement ma route, sans notre complicité. J'aimais cette fille et j'avais fini par accepter tout ce qui allait avec sa personnalité sans concession.

Dans son mail, Millie me proposait de venir la rejoindre au Portugal.

***

Dans l'avion, Paris me semblait déjà loin. Le visage de Millie, ses grands yeux noisette, son vieux vélo vert avec lequel elle arpentait la ville à n'importe quelle heure du jour et de la nuit, et son rire éclatant se télescopaient dans mon esprit embrumé. Soudain, un enfant derrière mon siège s'écria : « On voit Lisbonne et la mer ! » Aussitôt, les images du passé s'évaporèrent quand je vis, à travers le hublot, la ville en miniature et la terre bordée d'un fleuve qui embrassait la mer.

À l'aéroport, si je m'étais écoutée, j'aurais fait demi-tour. J'avais un peu peur de la revoir. On ne pouvait pas rattraper seize ans comme ça, sur un coup de tête. Je pouvais encore trouver une excuse, dire que je m'étais trompée d'avion, ou que j'étais clouée au lit à Paris avec une bonne grippe.

Tout en faisant défiler les motifs d'excuse dans ma tête, j'arrivai dans le hall où Millie m'attendait avec une pancarte. Mon prénom, « Salomé », y était écrit en grand, entouré de vagues et d'un surf crayonné d'un trait rapide. Mais elle n'avait pas changé, et la pancarte s'avérait inutile. Je m'approchai d'elle et elle m'enlaça comme si nous nous étions quittées la veille. Je reconnus aussitôt son parfum de cannelle. Ces seize années lui avaient donné un peu d'embonpoint, et des rides vagabondes, mais elle était toujours très jolie. Elle n'avait aucun cheveu blanc, contrairement à moi qui abusais des balayages pour camoufler les premiers ennemis. Sa jupe bariolée à fleurs, ses petites « Bensimon » délavées, son tee-shirt turquoise découpé au ciseau et qui tombait négligemment sur une épaule lui donnaient une allure aérienne. Elle avait conservé son look « Peace and Love », qui la figeait dans une adolescence tardive. Immédiatement, je me sentis en confiance avec elle. De mon côté, j'arborais encore ma tenue parisienne, qui contrastait avec la simplicité de Millie : un pantalon d'un blanc immaculé, un chemisier rouge, des cheveux tirés en queue-de-cheval et un blush un peu trop vif, destiné à relever mon teint pâle.

Fidèle à elle-même, elle entra aussitôt dans le vif du sujet, sans s'embarrasser de préambule.

— Tu arrives pile à la bonne heure. Nous avons suffisamment de temps pour profiter de la fin de la journée et de la soirée. Si tu veux, je te fais visiter rapidement *Lisboa* en voiture. Nous aurons largement l'occasion d'y retourner. Et ensuite, nous irons à l'endroit où j'habite. C'est à environ une demi-heure d'ici en longeant la mer. C'est un peu plus long, mais je pense que tu ne regretteras pas le détour. *I am sure you will love it !* Partante ?

***

Après des jours d'hésitation, j'avais finalement accepté son invitation. J'avais lu et relu son message avec des frissons de joie. « *Je t'ai retrouvée via les réseaux sociaux. Tu viens me visiter régulièrement dans mes rêves. Et aujourd'hui, j'ai envie de croire que c'est un signe pour nous retrouver. Tu m'as tellement manqué après mon départ. Que deviens-tu ? On s'appelle ? Millie.* »

C'était tout elle. Écouter son intuition, ne pas s'embarrasser des conventions, aller droit au but et voir où cela mène. Je lui avais donné mon numéro sans préciser un créneau idéal pour s'appeler.

Cette nuit-là, j'avais eu une insomnie carabinée. Perdue dans une demi-somnolence, j'écoutais une playlist intitulée « *Sweet dreams* », quand la sonnerie de mon portable retentit. J'avais décroché d'une voix inquiète, en pensant tout de suite à ma mère qui avait une santé fragile.

— Bonsoir Salomé. C'est Millie.

Son accent *british* avait électrifié mon corps. Je m'étais redressée d'un coup dans mon lit, prête à entamer une discussion qui, je le savais d'avance, allait durer longtemps.

Mais au bout de quelques minutes, elle avait proposé de poursuivre notre conversation à Lisbonne.

— *Come and visit me !*

— Comme ça, là ? Je viens ? Tu es dingue, Millie !

— Oui ! Et pourquoi pas ? Je te ferai découvrir la région et on rattrapera le temps perdu !

J'avais raccroché, le cœur battant. Je ne pouvais pas m'absenter aussi facilement. J'avais des responsabilités et pas de vacances à poser dans l'immédiat. Mais depuis cet appel, je ne fus plus qu'un tourbillon d'émotions. Moi, d'habitude si concentrée sur mes tâches et mes missions, je ne me reconnaissais plus.

Ces derniers mois avaient été particulièrement ternes. Aucun homme n'avait plus sa place dans ma vie depuis longtemps. J'avais adopté une sorte de retenue afin d'éviter toute relation forte qui aurait pu s'avérer douloureuse par la suite. Paris m'étouffait, et je voyais rarement mes parents et ma sœur. Installés dans le Sud de la France, ils me manquaient pourtant cruellement. Mon frère avait, comme moi, quitté l'arrière-pays aixois. Il avait rencontré une belle Italienne et l'avait suivie à Rome, alors qu'elle attendait leur premier enfant. Depuis, il avait tendance à oublier sa sœur. J'aurais aimé aller lui rendre visite, mais une profonde inertie me paralysait, et je laissai le temps filer.

En éteignant la lumière, cette nuit-là, après avoir raccroché avec Millie, j'ai pressenti que cette invitation à prendre le large tombait plutôt bien.

À cette époque, je m'agitais en tous sens. Depuis que j'avais une entreprise à faire tourner, je m'imposais d'en faire le plus possible en vingt-quatre heures, mais vivais-je vraiment ? Mon téléphone qui sonnait tout le temps et mon planning bien rempli attestaient de mes nombreuses responsabilités. J'étais constamment débordée, et je trouvais un certain réconfort dans cette course effrénée. Les termes de *business model, design thinking, lean management* et tous ces mots à consonance anglo-saxonne qui émaillaient mes phrases semblaient valider ma réussite personnelle.

Tandis que mon esprit ne cessait de faire des digressions, Millie m'arracha à mes réflexions.

— Tu vas très vite te rendre compte que Lisbonne regorge de joyaux. Il y a quelque chose de provincial dans cette ville pourtant internationale. Ici, les rapports humains sont très simples, rarement artificiels. Je suis sûre que tu vas adorer les *Alfacinhas.* Ils sont accueillants et généreux, et quand ils t'accordent leur sympathie, c'est pour la vie.

— Les *Alfacinhas* ?

— Oui, c'est un surnom donné aux Lisboètes. Ils sont si chaleureux ! Bon, tu es prête à avaler quelques côtes et quelques pentes ? Ici, la vie n'est pas plate. Autant que tu t'y prépares !

Volubile, mon amie enchaînait les descriptions avec son accent anglais qu'elle avait conservé par choix, j'en étais quasi certaine. De toute évidence, il y avait entre elle et cette terre une alliance irrésistible. Elle me montra les murs recouverts de faïences, les *tascas*, ces bars à la mode, les trams jaunes typiques à l'assaut des sept belvédères autour desquels s'entortillait la capitale portugaise.

Son quartier préféré, le *Principe Real*, était un mélange de bourgeoisie et de bohème dans l'air du temps. J'arrivai le jour de la Saint Antoine, le saint patron de la ville. Toutes les rues, envahies de barbecues de fortune, sentaient les sardines grillées. Mais la balade dans les quartiers animés ne dura pas très longtemps. À peine avions-nous traversé la cité que nous nous retrouvâmes devant la vaste baie qui longeait le Tage. Quel choc ! Devant moi, un fleuve immense s'étalait à perte de vue, sous un soleil tonique. Dans ma mémoire d'élève bourdonnait l'histoire du Portugal. J'imaginais aisément les grands départs en mer du XVe siècle, celui de l'infant Dom Henrique, baptisé « Henri le Navigateur », suivi de près par Vasco de Gama. Je sentais dans tout mon être leur esprit de conquête et les senteurs exotiques des épices d'Orient.

Millie me jeta un coup d'œil.

— Nous allons longer le fleuve, puis la mer. Ici sur ta gauche, c'est la Tour de Bélem, et un peu plus loin à droite, le monastère des Hiéronymites.

Les mots chantaient dans sa bouche, et le panorama qui défilait sous mes yeux agissait sur moi avec un enchantement hypnotique. J'étais bercée par sa voix me racontant le coup d'État du 25 avril 1974 et la révolution des Œillets, qui fut un triomphe et le point de départ d'une véritable effervescence révolutionnaire. Tout en conduisant, Millie accompagnait ses explications de gestes qui en ponctuaient l'importance. Il se dégageait d'elle une beauté mystérieuse et enflammée. Je sentais combien elle aurait aimé vivre à cette période inouïe. Tous les progressistes d'Europe avaient le regard rivé sur cette ville en pleine renaissance où l'on refaisait le monde dans les bars. Millie appartenait à cette époque, et son allure en témoignait.

Je demeurai silencieuse pendant le reste du trajet. Elle aussi avait cessé de parler, comme si elle avait perçu mon besoin de faire le vide. Lorsque nous habitions ensemble, j'avais maintes fois eu l'occasion d'apprécier son tact et sa fine intelligence de l'autre.

Le Tage, à ma gauche, vint bientôt embrasser le monde en se jetant dans l'océan par un vaste estuaire. Ses eaux, mêlées à celles de l'Atlantique, léchaient les premières plages sauvages. À ma droite, des maisons colorées, aux murs abîmés, bordaient la route. Deux ou trois kilomètres plus loin, à Estoril, Millie reprit la parole pour me montrer un grand casino, bordé de palmiers, qui donnait sur le front de mer.

— Quel dommage ! Le seul intérêt de ce casino, c'est que James Bond y est né. Ian Fleming, qui séjournait alors dans la région, a eu l'idée de créer le personnage en fréquentant régulièrement l'établissement. Puis en 1952, le livre *Casino Royal* est paru. Mais à l'intérieur du bâtiment, il n'y a aucune trace de son passage : pas de photo, pas d'écrits, rien...

Nous tracions à vive allure. Je m'agrippais à la portière lorsque la Méhari tanguait dans les virages. Puis nous arrivâmes devant les grandes plages de Cascais, de vastes étendues sablonneuses jalonnées de rochers. Un vent violent fit voler nos cheveux dans tous les sens. Le paysage désertique, qui contrastait avec le calme de la côte jouxtant Lisbonne, était à couper le souffle. À quelques kilomètres de là, en remontant en direction du Nord, on apercevait des falaises déchiquetées par la fureur de l'océan. Quel était cet étrange pays qui s'offrait à moi ? Millie voulait sûrement m'impressionner, mais tout allait trop vite. Mon esprit avait du mal à faire face à cet afflux d'informations visuelles et sensorielles. Je n'avais qu'une hâte : remonter dans la voiture et arriver à bon port.

***

Nous approchions du but. Millie m'annonça solennellement : « Sintra ! » Un ancien lieu de villégiature de la monarchie portugaise, où les riches aristocrates construisaient des *quintas* sur les collines, non loin du littoral, ces grandes villas aux jardins luxuriants. Nous sillonnions la forêt, si dense qu'il était presque impossible de distinguer le ciel à travers la cime des grands pins.

— Le climat est plus doux et plus changeant qu'ailleurs. Il passe de la bruine au soleil en très peu de temps. En été, les Lisboètes viennent ici pour trouver des températures plus agréables, précisa Millie.

Un peu en amont du village, la Méhari emprunta un chemin de terre cabossé, qui s'enfonçait dans la forêt. En plein cœur de la pinède, la fraîcheur ombragée et les senteurs de l'été me redonnèrent de l'énergie, car la chaleur était écrasante. Tous mes sens étaient à nouveau en éveil. Les maisons étaient clairsemées. Quelques minutes plus tard se dessina une bâtisse aussi belle qu'imposante. Elle était ornée de fenêtres cintrées, qui apportaient l'élégance de leurs arcs à ce quadrilatère. Mon œil de designeuse ne pouvait être insensible à cette majestueuse architecture, aux murs peints d'un jaune safran éblouissant, presque lyrique. Les rayons du soleil, en cette fin de journée d'été, venaient accentuer les pigments ocre de la façade donnant sur l'allée centrale. Des cactus bordaient un chemin bien entretenu conduisant à l'entrée. Des fleurs tombaient en cascade d'une grande terrasse située au premier étage. Millie klaxonna, et trois ou quatre personnes vinrent nous saluer à la fenêtre.

— Bienvenue à Sintra, Salomé. Je vais te présenter les gens qui vivent ici.

Mes yeux s'arrondirent de surprise.

— Oh *sorry !* Je t'ai donné un large aperçu des environs, mais je n'ai même pas évoqué ce qui t'attend pendant tes vacances. Je vis ici avec plein d'autres personnes. Je me sentais à l'étroit dans une vie classique, avec la ville, les horaires, les contraintes habituelles. Et la solitude m'est insupportable. J'ai besoin d'avoir une tribu autour de moi. Tu t'en souviens ? Dans notre appartement, j'invitais toujours des amis, ce qui avait le don de t'exaspérer. Je n'ai pas vraiment changé… Ici, chacun apporte sa contribution, son talent. J'espère que cela ne te dérange pas ?

— Non, bien sûr…

Je n'étais pas certaine de vouloir partager la semaine à venir avec la « tribu » de Millie. Mais cet endroit inattendu m'intriguait. Je fixai la grande porte qui ornait l'entrée, en bois massif sculpté, qui était de toute évidence assez ancienne. En son centre, une grande et sublime tête de lion entourée d'une couronne, qui faisait office de heurtoir, me fixait du regard.

Millie poursuivit.

— Actuellement, nous ne sommes que 35. Ce lieu, que nous appelons la « Maison Jaune », n'est que la partie émergée de l'iceberg. À l'intérieur, on trouve la grande cuisine, les salles de réunion et quelques chambres pour les personnes que nous accueillons ponctuellement. Mais derrière, tu verras, il y a plusieurs habitations réservées aux familles. Nous avons acheté cette maison pour une bouchée de pain. Ici, l'immobilier est moitié moins cher qu'ailleurs en Europe.

Où avais-je atterri ? Comment avais-je pu être aussi naïve ? Je m'en voulais de ne pas m'être posé plus de questions sur le lieu où j'étais censée passer quelques jours paisibles.

Millie, qui avait dû sentir mon trouble, coupa court à ma soudaine angoisse :

— Ne t'inquiète pas. Cette maison a de belles vibrations. Ici, tu peux baisser ta garde. Nous voulons simplement vivre conformément à notre idéal, partager ce lieu de vie avec des personnes qui souhaitent réfléchir ensemble à des sujets de société tout en expérimentant un vivre-ensemble avant-gardiste. Nous tentons à notre manière de réenchanter l'existence, mais en restant bien ancrés dans le monde actuel. Ici, tu rencontreras des rêveurs et des inventeurs, qui sautent à pieds joints dans la nouvelle économie. Si partager ton quotidien avec d'autres personnes ne te convient pas, tu peux t'isoler. Tu auras ta chambre et personne ne viendra te déranger. Chacun vit à son rythme et en toute indépendance. Pas de jugement ni d'obligation d'aucune sorte. La seule règle, ici, c'est le respect mutuel. *Sorry* encore de ne t'avoir rien dit. Je n'ai absolument pas pensé que mon mode de vie pourrait te déranger. Je t'ai invitée spontanément, et cela aurait été sans doute plus correct de ma part de te prévenir.

J'essayais de faire bonne figure, et de ne pas trop montrer ma perplexité. J'étais devenue sauvage, ces dernières années, car mon travail accaparait tout mon temps. Je pris discrètement une grande inspiration et, au moment où j'allais sortir de la voiture, un jeune homme grand et longiligne vint à notre rencontre et m'ouvrit galamment la portière.

— Bonjour. Enchanté. Je m'appelle Henry.

Son sourire était franc et chaleureux. Millie s'approcha et se mit sur la pointe des pieds pour l'enlacer avant de faire les présentations. Il avait bien une tête de plus que nous.

— C'est un ami d'enfance. Il est Anglais, lui aussi, même s'il n'a pratiquement pas d'accent. Il nous a rejoints il y a quelques mois. C'est mon précieux bras droit, ajouta Millie d'un air fier.

Je me tournai aussitôt vers Henry pour lui poser quelques questions. Je souhaitais paraître naturelle, même si je restai intérieurement en retrait. Et quand je me retournai vers Millie, je m'aperçus qu'elle était déjà loin, au seuil de la porte de la Maison Jaune qui donnait sur un grand hall.

— Alors, tu es avec nous cette semaine ? enchaîna mon nouvel interlocuteur pour dissiper ma gêne, sans doute plus visible que je ne le souhaitais.

— Oui. Cela devrait me faire le plus grand bien. J'ai l'impression que je vais faire une cure de remise en forme ici.

Je ne trouvai rien d'autre à dire. Heureusement, il poursuivit :

— Viens, je vais te faire visiter le hameau. Nous sommes à deux pas de *Cabo da Roca*. L'as-tu aperçu en venant ?

— Non, pas du tout. Je ne sais pas de quoi il s'agit.

— Ah, cela ne m'étonne pas de Millie. Elle te réserve cette visite pour plus tard. Et elle a bien raison. Il faut se préparer à le découvrir. C'est le point le plus à l'ouest du continent européen. Un endroit sauvage, balayé par les vents du large. On n'y va pas comme on va à la plage. La première fois que je m'y suis rendu, je n'allais vraiment pas bien. Là-bas, la puissance des éléments est telle que j'ai vu clair dans ce qui m'arrivait. Dans la foulée, j'ai fait le ménage dans ma vie. Se rendre au Cabo da Roca est loin d'être anodin.

— Effectivement…, répondis-je.

Millie avait donc omis au téléphone, lors de nos retrouvailles, de me parler d'une foule de choses, à commencer par l'existence de cette communauté. Je m'interrogeai sur tout ce qu'elle ne m'avait pas encore dit. Je ne parvenais pas à déterminer si elle agissait volontairement ou non. Quoi qu'il en soit, j'étais bien décidée à découvrir les environs, à retourner à Lisbonne pour prendre quelques photos, à écrire dans mon carnet et à renouer avec des activités permettant de capturer la beauté éphémère des atmosphères et des expériences. Et bien sûr, j'étais impatiente d'en savoir plus sur cette amie retrouvée.

***

Lettre à mon arbre de Jade

Hier, j'avais 22 ans, aujourd'hui, je suis plus proche de 40 que de 30. J'ai retrouvé celle qui m'a tant manqué toutes ces années. Quelle étrange ligne du temps !

Ce vide qu'elle avait laissé en moi, que d'autres épreuves étaient venues encore accentuer, avait la même couleur que Paris plongée dans l'hiver. Et soudain, projetée dans ce pays et dans cette maison de Sintra, ce néant se remplit instantanément. Il y a du bleu à profusion, en l'air, à l'horizon… Du vert éclatant de toutes parts. Avant, je n'avais que toi, mon petit arbre, pour me nourrir de chlorophylle. Ici, on la respire. Si j'avais su, je t'aurais emmené avec moi. On m'aurait peut-être trouvée un peu ridicule, mais j'ai bien l'impression qu'ici, tout est permis.

Je réalise à présent que partir était vraiment la meilleure solution pour prendre du recul. Travailler sans cesse, je n'y arrive plus. Je suis tellement lasse de tout. Mais bonne nouvelle : pour la première fois depuis un an, IL ne s'est pas invité dans mes pensées ou dans mes rêves. De toute manière, IL aurait détesté ce pays. Il y a bien trop de couleurs ici pour un être aussi noir.

2.

> « *Je suis comme un caméléon,*
> *influencé par tout ce qui se passe.* »

À l'intérieur de la maison, mon regard fut aussitôt attiré par l'*azulejo*, le carrelage traditionnel portugais. Les motifs géométriques bleus se mariaient merveilleusement avec les murs du même jaune ocre qu'à l'extérieur. L'entrée était vaste, mais une certaine chaleur s'en dégageait. Une grande vitrine était disposée à la droite d'un grand escalier en colimaçon, dans laquelle étaient exposées des dizaines de pierres et de roches de toutes les couleurs et de toutes les tailles. Une porte à deux battants, sur le même côté, ouvrait sur une cuisine spacieuse. En face, une pièce aussi vaste que magnifique me donna envie d'y entrer tout doucement et de me baigner dans l'atmosphère unique qui s'en dégageait. À l'intérieur, une imposante bibliothèque, que mon expérience de designeuse devina en bois flotté, s'élançait vers le plafond. Un piano à queue noir, majestueux, semblait régner sur les lieux. Tout autour, des matières naturelles couleur écume, une décoration épurée, et une grande baie vitrée donnant sur un jardin apaisa soudain toutes les tensions musculaires que j'avais accumulées au fil des mois, peut-être même des années. Henry m'indiqua que la chambre que l'on m'avait attribuée se trouvait juste à côté. C'était la seule située au rez-de-chaussée, mais aussi la plus agréable. Toutes les autres étaient à l'étage. Millie avait tenu à ce que je sois installée dans la meilleure d'entre elles.

Au cours de cette visite, je pus constater que chaque pièce correspondait à un style et avait une unité mêlant raffinement et excentricité, ce qui comblait mon profond besoin d'harmonie.

Revenue dans le hall, j'aperçus par une grande porte ouverte sur l'arrière de la maison des petites constructions, des sortes de *tiny houses*.

Henry me fit entrer dans la cuisine. Deux jeunes femmes et un homme plus âgé s'affairaient autour de plusieurs poêles. L'une remuait des pommes de terre sautées. Les deux autres découpaient des poulets rôtis. L'odeur excita ma faim naissante. Mais je devais patienter encore un peu.

— Vous nous préparez un vrai festin ! C'est dimanche soir, alors l'apéritif s'impose ! s'exclama mon hôte. Salomé est notre invitée. Allons trinquer à sa venue !

— J'avoue qu'un petit verre de porto serait le bienvenu, acquiesçai-je.

Au premier étage, les chambres couraient en enfilade de part et d'autre du couloir et on se serait cru dans un hôtel. Une fois arrivée à ce niveau, j'entrevis un long balcon envahi de jardinières, où foisonnaient cactus, bougainvillées et autres plantes du Sud qui tapissaient la façade.

Je retrouvai Millie sur la terrasse, investie par une vingtaine de convives. Trois enfants jouaient sur une tablette et ne se soucièrent guère de mon arrivée. Millie me sourit avant de se lever pour me présenter à chacun. J'entamai alors une série de bises, et tendis la joue à tous ces illustres inconnus. J'eus très vite une bonne idée des profils qui m'entouraient. Une ophtalmologiste danoise était fière d'expliquer qu'elle élaborait une nouvelle méthode pour limiter les verres correcteurs et les problèmes de vue, même graves, grâce à des exercices quotidiens particuliers. Elle finissait une thèse sur le sujet. Un architecte portugais était spécialisé dans les constructions bioclimatiques. Un photographe hollandais sillonnait la planète pour ses reportages. Un philosophe, un agriculteur, un jardinier, tous portugais, me réservèrent eux aussi un accueil convivial en me parlant en anglais. Il y avait aussi un développeur informatique, passionné par les nouvelles technologies et les algorithmes, dénommé Bob. Mais l'un d'eux, surtout, m'intrigua. Il s'appelait Pacôme. Il était bien plus âgé que les autres, mais son rire et sa vivacité d'esprit étaient ceux d'un jeune homme qui avait oublié de vieillir. J'avais envie de lui parler, de le connaître, de m'asseoir à ses côtés, mais il s'éclipsa peu après.

Millie m'expliqua que toutes ces personnes avaient élu domicile ici pour deux, trois ou six mois, le temps d'étudier la faisabilité de leur projet — la moitié d'entre eux, environ, souhaitait monter une start-up. Lisbonne, située à une demi-heure de voiture, offrait depuis quelques années des avantages exceptionnels pour développer des projets liés à la nouvelle économie. La Maison Jaune leur permettait de vivre dans des conditions optimales, et non loin de la capitale, devenue la nouvelle Silicon Valley, pour un loyer très correct. L'endroit était très prisé de ceux qui voulaient allier sport, nature et liberté d'exercer leur métier comme ils l'entendaient. Millie, la fondatrice de ce phalanstère d'un nouveau type, avait souhaité dès le début ouvrir le lieu à des personnes extérieures, une dizaine environ, sous réserve que leur idée lumineuse soit sérieuse et qu'ils enrichissent les habitants du hameau de leurs savoirs.

— Leur projet ne doit pas être uniquement mercantile. Il doit aussi contribuer au bien commun, me dit-elle avec une détermination qui ne laissait aucune place au doute.

Les absents voyageaient pour le travail, ou se rendaient dans d'autres maisons du même type pour partager les bonnes pratiques.

Si Millie ne m'avait pas rassurée par ces explications, j'en aurais conclu que je me trouvais au beau milieu d'un rassemblement de doux rêveurs et de saltimbanques qui jouaient les prolongations pour fuir la réalité. L'endroit fit remonter en moi des souvenirs de l'université, de soirées insouciantes et inégalables. Dans mon grand appartement de l'époque, nous avions parfois réuni plus de cinquante personnes. La musique hurlait, tout le monde dansait, et la cuisine était envahie par ceux qui voulaient discuter et fumer. Les cendriers se remplissaient, et la fête battait son plein jusqu'au bout de la nuit. Les voisins devenaient fous. J'avais même proposé, avec un culot monstre, des boules Quies à l'un d'eux venu frapper à la porte un soir, exténué.

Plus tard, lancée dans la vie professionnelle, je n'avais jamais retrouvé ces sensations si uniques, et si éphémères. J'observais Millie, détendue, et j'écoutais ses plaisanteries ; elles ponctuaient la conversation, auxquelles elles apportaient toujours du recul et de la légèreté. Je la retrouvais exactement telle qu'elle était des années plus tôt. Libre, belle, un peu détachée en apparence, mais avec une profondeur et un engagement nouveaux. Elle avait mené ce rêve à bien, et jouissait visiblement du respect de tous. Je n'aurais jamais imaginé une telle évolution. Elle avait pris sa vie en main, avait acheté cette maison et créé un lieu étonnant.

Les verres de Porto se vidaient au son d'une musique portugaise entraînante, et le temps filait. J'aurais voulu l'arrêter tant je me sentais bien. Cela ne m'était pas arrivé depuis très longtemps.

Dans les échanges entre les uns et les autres, il était beaucoup question d'un certain James. Je perçus très vite que ce prénom était prononcé avec une certaine d'admiration.

— Tu te souviens de mon frère ? me demanda Millie.

— Oui, vaguement, mentis-je…

— James était toujours en voyage et cela n'a pas changé ! Et qu'est-ce qu'il pouvait être agaçant avec ses airs de grand frère condescendant ! Heureusement, il a mis de l'eau dans son *verre à pied*. C'est mon repère, tu sais. Il est comme un roc pour moi. Nous avons tous les deux beaucoup investi dans la Maison Jaune. J'espère que tu auras l'occasion de le rencontrer. Il a toujours beaucoup de choses à raconter quand il est de passage, mais il prend aussi le temps d'écouter les uns et les autres. Puis il repart très vite. C'est une vraie *star* filante. C'est sans doute ce que l'on aime chez lui, ce truc insaisissable.

***

Lettre à mon arbre de Jade

Bien sûr que je me souviens de James. Comment aurais-je pu l'oublier ?

À peine débarquée dans ma vie, Millie me renvoie déjà à tout ce que je ne suis plus. C'est un miroir cruel. Elle brille de mille feux. Quant à moi, j'ai perdu ma lumière ces dernières années. Elle doit s'en apercevoir et être surprise de l'effet du temps sur ma peau.

***

Après le dîner, je pus enfin m'installer dans ma chambre. Il était 23 heures, mais je n'avais aucune envie de dormir, trop excitée par ce séjour qui s'annonçait fort différent de ce à quoi je m'attendais. Je décidai d'aller faire un tour dans le parc environnant. La température était idéale. J'entendais les rires provenant de la cuisine. D'autres, comme moi, n'aspiraient pas à ce que la soirée s'achève. Certaines *tiny houses* étaient encore éclairées, ce qui m'aidait à me repérer dans la nuit noire.

Je m'éloignai un peu de la bâtisse principale. Je pensais à Millie et à tout ce qui avait guidé ses actes. Déjà, à 24 ans, elle trouvait le mode de vie occidental très destructeur. Elle était certaine qu'une énorme crise allait éclater, et que les hommes n'auraient d'autre choix que d'évoluer. Le temps lui avait donné raison. Ces seize dernières années, les crises économiques, politiques et climatiques s'étaient enchaînées. Elles avaient renforcé le fossé entre riches et pauvres, et plus personne ne pouvait nier la montée des extrémismes. Mais elle n'avait jamais douté de l'intelligence humaine et, à l'aube de ses 40 ans, elle était restée fidèle à elle-même.

Je repensai à la vieille valise en osier que j'avais ressortie la veille de mon départ. J'y avais conservé ses lettres, des photos de nos délires, et d'autres souvenirs de mon passé. J'étais retombée sur un de mes journaux intimes. Dans ces cahiers que j'avais oubliés, je ne déversais pas mes chagrins d'amour, mais plutôt mes pensées suite à un spectacle ou un film que j'avais vu, ou à un dialogue avec une personne qui m'avait marquée. Et j'y avais bien sûr retrouvé les propos les plus forts de Millie concernant la « confusion du monde », une expression qu'elle employait souvent. Une phrase m'avait sauté aux yeux. J'avais retranscrit ce qu'elle m'avait dit, sûrement tard dans la nuit après une xième fête dans notre appartement : « *Je rêve d'un lieu où je pourrais me reconnecter à la terre et à l'océan, où je pourrais me libérer de mes peurs face aux changements inexorables des sociétés.* » Seize ans plus tôt, elle avait déjà une vision qu'elle avait concrétisée ici, à Sintra. Je réalisai qu'elle était en fait une pionnière, alors que, par dépit, je n'avais voulu me souvenir d'elle que comme d'une fille rigolote et superficielle, qui était partie pour une histoire de cœur. Et dorénavant, elle imprimait sa marque dans cet endroit étonnant. Quant à moi, je m'étais imaginée heureuse à la tête d'une entreprise de design. J'avais atteint mon objectif, mais, en chemin, la fierté et la joie s'étaient perdues entre les pages de mes innombrables dossiers.

Je sentis soudain une main se poser sur mon épaule. C'était Henry, l'ancien trader, celui qui m'avait accueillie à mon arrivée et m'avait fait visiter la maison. Il était filiforme, mais ses vêtements laissaient deviner des muscles secs et longilignes. Rasé de près, il en avait fait autant avec ses cheveux. Il avait une beauté à part, un charme plutôt, une nostalgie dans le regard qui me touchait. Il me fit signe de m'asseoir sur un petit muret de soutènement, près d'un pin qui sentait bon l'été. J'avais eu le temps de revêtir, depuis mon arrivée, une robe longue achetée pour l'occasion. Je voulais marquer le coup et me sentir enfin en vacances. Les épaules et les bras nus, je n'étais pas très à l'aise dans cette tenue estivale inhabituelle. J'étais encore plus gênée que d'habitude par ma peau d'un blanc laiteux qui supportait mal le soleil, que je cachais le plus souvent dans des ensembles beiges sans fioritures.

Autour de nous, tout était silencieux, et chaque plante, chaque construction, chaque petite habitation semblait à sa place, en un équilibre parfait. Henry ne tarda pas à me parler de lui. Ancien trader à la City, à Londres, il se disait sur le chemin de la « reconversion ». Il me dit qu'il avait quitté Londres le jour où il s'était réveillé avec tellement d'argent sur son compte bancaire que cela lui avait paru obscène.

Millie, son frère et lui étaient amis d'enfance. Ils avaient grandi en Angleterre, à côté d'Exeter. Lorsque j'étais étudiante à la fac, Millie m'avait invitée à passer un week-end prolongé dans sa famille, mais au dernier moment, j'avais eu un empêchement, sinon j'aurais connu Henry à cette époque. Ce dernier évoqua le surf, qu'il pratiquait presque tous les jours à quelques kilomètres de la Maison jaune. Il proposa de m'y initier, mais je déclinai son offre. J'avais perdu la souplesse de mes jeunes années et cette activité me fatiguait d'avance. Monter sur une planche, perdre l'équilibre, tomber, remonter sans cesse devait être exténuant. Soudain, une musique jaillit au-dessus de nous. Elle n'était pas très forte, mais elle suffit à me faire sursauter d'étonnement. Henry se mit à rire, avant de m'expliquer de quoi il s'agissait.

— C'est une idée de James. Un soir, il y a trois ans peut-être, Pacôme nous a joué du piano.

— Pacôme est pianiste ?

— Oh, oui ! C'était un grand ami du père de James et Millie, dont il est le parrain. Il est à l'origine de presque tout, ici. Il a quitté l'Angleterre il y a des années et vit maintenant au Portugal. C'est lui qui a trouvé cette maison quand Millie et James en cherchaient une à acheter. Pacôme est leur père adoptif, en quelque sorte. Bref, je te disais que nous étions scotchés en l'écoutant. James eut une idée, après avoir lu un article sur les bienfaits de la musique sur les plantes. Il adore mêler les disciplines qui, *a priori*, n'ont rien en commun. Nous avions fait pousser des légumes et des fruits dans le jardin, mais les deux premières années, la récolte n'était pas au rendez-vous. En voyant nos visages apaisés par le son du piano, James a tout de suite fait le rapprochement avec le monde du vivant dans son ensemble. Le lendemain, il a contacté un physicien puis un arboriculteur de la région, auxquels il a exposé son projet : diffuser des séquences sonores pour les arbres fruitiers et les plants de légumes afin de soutenir leur croissance et de combattre les maladies. Aucun de nous ne voulait utiliser de fongicides bien sûr. Il fallait bien trouver une solution. La musique fonctionne comme le morse, par résonance, via des ondes qui envoient un message au niveau cellulaire. La science a prouvé que cela régule certains processus biologiques.

— C'est très poétique, en plus d'être fort saugrenu, répondis-je à Henry. Mais ne me dis pas que ça marche avec les fruits et les légumes !

— C'est expérimental, comme tout ce que nous faisons ici. Regarde autour de toi. Ne sens-tu pas qu'il se dégage quelque chose de particulier ? Viens, je vais te montrer nos légumes.

Dans la nuit éclairée par les étoiles et de petites lumières posées à même le sol, je suivis Henry. Il avait enlevé ses tennis et marchait pieds nus. J'en fis autant, et tins mes tongs à la main. Le sol pavé de l'allée, presque froid, m'invitait à m'ancrer encore un peu plus ce soir-là. Henry me montra du doigt un haut-parleur accroché discrètement dans un arbre devant l'enclos destiné aux plantations.

— Les séquences musicales sont diffusées trois fois par jour, pendant 9 minutes. Avant l'expérience, on ne récoltait que 30 % des salades, maintenant… 70 % ! La musique soutient les mécanismes de défense des plants et les dynamise. Il n'y a qu'à observer aussi la vigueur des arbres, leur allure et la saveur des fruits.

Je pus le constater dans la minute. Henry cueillit une pêche dans le jardin et me la tendit. Je croquai aussitôt dedans. Juteuse et sucrée, elle avait une saveur inouïe. Je la dégustai avec une volupté décomplexée, sous le regard attentif de Henry, qui en prit une aussi. Nous avons mangé sans parler. Durant cet instant volé, nous communiâmes avec tout ce que nous offrait le fruit comme sensations et bienfaits pour notre corps. Puis Henry reprit :

— James nous tient souvent ce discours : avoir confiance en la nature et en ses capacités insoupçonnées, être à son écoute, travailler avec elle en bonne intelligence, dans un esprit de dialogue plutôt que de conquête. Nous voulons prouver l'efficacité du protocole musical et développer son application sur d'autres terres au Portugal et dans d'autres pays. Je ne serais pas surpris que demain, ou dans les prochains jours, tu comprennes un peu mieux de quoi il retourne.

— J'ai l'impression que James est aussi utopiste que sa sœur !

— Utopiste, ou plutôt futuriste ! Il a un caractère difficile à cerner au premier abord, mais il a des qualités que je n'ai vues chez personne d'autre. Tu en jugeras par toi-même si tu le rencontres un jour. Dommage qu'il ne soit pas là cette semaine. Bon, il se fait tard. Je vais aller me coucher pour être en forme demain.

C'était en effet une sage idée, même si je ne ressentais toujours pas l'envie de dormir. À Paris, je me couchais rarement avant 1 heure du matin, et mes cinq heures de sommeil me suffisaient pour être en forme — ou du moins, c'était ce que je me racontais à moi-même. En réalité, je vivais dans un état de fatigue permanent, chronique, qui commençait à devenir préoccupant, car mon travail s'en ressentait. Certains clients m'avaient reproché quelques erreurs dans leurs commandes ces derniers temps.

Je saluai Henry, qui me répondit :

— J'ai été ravi de faire ta connaissance. J'étais là quand Millie est tombée amoureuse de l'une de ses conquêtes, il y a de cela des années. Elle m'avait dit regretter de ne plus te voir, depuis qu'elle n'habitait plus avec toi. Que tu lui étais chère. Je comprends maintenant pourquoi.

Je ne saisis pas à quoi il faisait allusion dans ma personnalité, mais sa remarque me fit plaisir.

***

La semaine se déroula au rythme des repas partagés et des activités auxquelles j'avais plaisir à participer — récolter les légumes dans le potager sur fond musical était ma préférée. Mais je pris aussi le temps de découvrir Sintra et les alentours, de lire sur la terrasse, et de rester en lien avec mes équipes restées à Paris et avec les gros clients qui commandaient des pièces inédites de nos designers. J'apprenais en même temps à connaître les uns et les autres. Et j'avais à cœur de rattraper le temps perdu avec Millie.

Un matin, le quatrième ou cinquième jour, quelqu'un frappa à ma porte à 8 heures. Je m'étais exceptionnellement autorisée à dormir un peu plus tard. En nuisette, les yeux à peine ouverts, j'ouvris et découvris mon amie.

— Salomé, je pars à Cascais pour un rendez-vous médical. Tu veux venir avec moi ?

Sa proposition tombait à pic, car je n'avais rien de prévu ce jour-là. Je fis un brin de toilette, puis j'enfilai rapidement ma robe de la veille et mes tongs, que je ne quittais plus. Pour le reste, j'avais décidé dès mon arrivée que je ne me maquillerais pas pendant mon séjour, afin de permettre à ma peau de se reposer. Mais je n'étais pas encore prête à me passer d'une touche de rouge à lèvres pour égayer mon visage, encore bien pâle. 10 minutes plus tard, nous étions parties pour Cascais, un petit village de pêcheurs transformé en station balnéaire à la mode. Durant le trajet en voiture, je me fis la réflexion que j'avais dormi d'une traite cette nuit-là, ce qui était rarissime depuis que j'avais créé mon entreprise.

Nous étions en avance, aussi avons-nous pris un dans l'un des nombreux restaurants. Un groupe jouait dans la rue un air très gai pour attirer les touristes sur les terrasses des cafés. Millie fila à son rendez-vous et moi, je me retrouvai en tête à tête avec mon carnet.

Je culpabilisais de mon oisiveté inhabituelle tandis qu'à Paris, tout le monde s'affairait. Mon portable sonnait moins, ce qui commençait à m'angoisser. Les premiers jours, j'avais trouvé cela reposant. Je vivais au ralenti et mon cerveau faisait de même. Mais maintenant, il me fallait bouger, m'activer et gérer des dossiers, sinon je risquais de me transformer en loukoum béat à force de manger des pêches gorgées de sucre au son d'un piano et de boire du porto en écoutant les rêves des uns et des autres. Il ne fallait pas que je reste trop longtemps seule avec moi-même. J'en profitais pour écrire, afin de prendre de la distance avec mes états d'âme. J'essayais aussi de capter l'ambiance de ce lieu si particulier afin de pouvoir me souvenir de tout quand je reviendrais au bureau — conversations, sensations, couleurs… Tout pouvait être utile pour créer de nouveaux designs aux couleurs du Sud.

***

Lettre à mon arbre de Jade

Dire à Philippe de penser à développer la couleur ocre pour notre nouvelle collection.

Millie et Henry m'ont parlé de James. J'ai feint l'indifférence. C'est bête. Je ne sais pas ce qui m'a retenue. C'est vieux tout ça. Cela n'a plus aucune importance.

***

— C'est bon, check-up fait ! s'exclama Millie en revenant de son rendez-vous médical. On peut passer un peu de temps ici, si tu le souhaites. Viens, on va acheter quelques décorations pour la maison. Je connais une boutique de déco qui va te plaire !

C'était l'occasion de comparer les créations portugaises avec celles de mon entreprise. Enfin une activité utile et concrète. L'endroit était minimaliste, et exposait des œuvres en céramique que je n'imaginais pas importer en France. Ce n'était pas assez luxueux pour mes clients. J'en fis part à mon amie, dont la réaction fut « cash », comme d'habitude :

— Tu es devenue bien snob, Salomé !

Je ne fis pas attention à sa remarque. « Snob » ne voulait rien dire, selon moi. J'aimais le beau, l'élégant, le bon goût, et cela m'avait beaucoup aidée pendant mes longues années d'études pour exceller dans mon domaine. Toutefois, je voulais lui faire un cadeau pour la remercier de son accueil et le fait de m'offrir ces vacances improvisées, aussi je parcourus l'endroit du regard. Un grand plat d'un bleu électrique, posé sur le présentoir de la boutique, attira mon attention. Avec ses motifs travaillés et entrelacés, il contrastait avec le reste de la boutique. Il était parfait pour la fondatrice de la Maison jaune.

Je me rendis à la caisse, fière de ma trouvaille, pendant que Millie admirait d'autres objets décoratifs un peu plus loin. Mais en fouillant dans mon sac à main, je ne retrouvai pas mon portefeuille. Je respirai profondément pour ne pas paniquer. J'avais tous mes papiers à l'intérieur, y compris mon passeport. Millie s'approcha, m'interrogeant du regard. Je fus obligée de lui avouer à la fois mon intention de lui offrir un présent et mon embarras devant l'impossibilité de le payer. Et sans papiers, j'étais bloquée au Portugal !

Nous retournâmes au café, mais le serveur, qui me reconnut, ne fut aucunement rassurant. Dans un anglais parfait, il me dit d'un ton volubile :

— Ce qui vous arrive n'a rien d'original ! Les pickpockets sont une malédiction cette année. Pas plus tard qu'hier, des touristes se sont aussi fait voler leur sac. C'est malheureusement classique. Vous n'avez plus qu'à refaire vos papiers. Et surtout, à profiter de votre séjour prolongé. C'est un signe du ciel.

Je le fusillai du regard et tournai les talons.

— *Go with the flow, darling,* ajouta Millie, la bouche en cœur. Ne fais pas ta *drama queen.* Il n'y a rien de grave, je t'assure.

Elle avait un petit sourire en coin, alors que je la suppliais intérieurement d'être désolée pour moi. De toute évidence, elle se réjouissait de la tournure des événements.

Mon malaise s'accrut de minute en minute, et je sentais la panique me gagner. Dans mon esprit, tout s'accélérait. J'imaginais devoir manager mes équipes d'ici et leur annoncer que j'étais bloquée au soleil. Ils n'allaient pas me croire, et j'allais perdre leur confiance, ainsi que mon leadership. La boss qui se prend du bon temps et délègue les problèmes aux autres, un grand classique qui ne serait pas à mon avantage.

La perspective d'une fin de séjour tranquille s'envolait. La Maison jaune m'apparut soudain comme une prison dorée. Je perdais donc tout à la fois ma précieuse liberté et ma raison d'être, à savoir mon travail.

Mais ma priorité immédiate, c'était de faire opposition à mes cartes bancaires. Je m'assis dans un endroit à l'ombre, sortis mon smartphone et m'y attelai, épaules raidies, mâchoires crispées. La connexion internet était très instable, si bien que cela me prit un certain temps. Dans ma panique, je lisais aussi trop rapidement les indications données par les banques sur leur site et je dus recommencer à plusieurs reprises pour chacune de mes cartes. Enfin, ce fut fait. J'étais complètement vidée.

Sur le chemin du retour, j'étais désespérée, et cette réaction excessive sembla surprendre Millie. Elle tenta, tout en conduisant, de me calmer. Mais je ne cessai de pianoter des textos à l'intention de mes collaborateurs. Mes mains tremblaient. Il fallait que je respire, que je me concentre sur le paysage sauvage qui s'étendait le long de la plage de Guincho, face à l'Atlantique.

Je repensai aux mots de Millie plus tôt. « *Go with the flow.* » Sa désinvolture me stupéfiait et je me refusais à suivre son conseil. Dans mon esprit bouillonnant, toutes les phrases se mirent à commencer par « il faut ». *Il faut* que je paie mon loyer pour l'appartement. *Il faut* que je boucle ces dossiers brûlants. *Il faut* que je revoie tous les plannings avec mes équipes. *Il faut* que je relance un fournisseur pour notre collection phare.

Le pire, c'est que j'en voulais à tout le monde, alors que personne n'y était pour rien à part le pickpocket, inconscient des retombées plus ou moins graves de son geste.

Lorsque nous arrivâmes à la maison, j'annonçai à Millie que j'avais besoin d'être seule. Je partis marcher d'un pas rapide dans les environs pour arrêter de penser, de paniquer, et pour prendre du recul. J'étais là pour une semaine de plus, au moins. Si seulement j'avais su ce qui m'attendait...

Tout à coup, une image surgit. Je revis le clin d'œil que le serveur avait adressé à Millie, au café de Cascais. Leur air complice trahissait leur entente et leur satisfaction à peine dissimulée. Un début d'explication se fit jour dans mon esprit. Une colère noire monta en moi, ou plutôt rouge écarlate, et je fis illico demi-tour pour retourner à la Maison jaune.

3.

« Le temps que vous aimez perdre n'est jamais perdu. »

J'entendais sa voix, sur la terrasse. Millie bavardait avec je ne sais qui. Je montai en trombe la rejoindre. Quand elle me vit, essoufflée, l'air sûrement furieux, elle se leva et m'entraîna un peu plus loin sur le balcon. Je n'attendis pas une seconde de plus. J'explosai.

— Tu t'es jouée de moi !

— Salomé, qu'est-ce qu'il te prend ? répondit-elle. Je ne comprends pas !

Elle feignait l'innocence, mais je n'étais pas dupe et cela me mit encore plus hors de moi.

— Tu étais de mèche avec le serveur, à Cascais. Tu savais qu'on allait me voler mes papiers. Pourquoi ?

— Tu dis n'importe quoi ! Reprends-toi, tout va bien ! Regarde, un verre t'attend là-bas, derrière moi, viens. Détends-toi. Tu es bien trop stressée, *darling*.

— Non, je ne suis pas stressée ! Je suis coincée ici, ce n'est pas pareil ! Allez, crache le morceau !

Et à ma grande surprise, Millie ne tergiversa pas plus longtemps.

— Comprends-moi. Je suis si contente de t'avoir retrouvée. Je n'avais pas envie de te voir partir maintenant. Tu as des choses à vivre ici, avec nous. James arrive dans quelques jours, ce serait dommage que tu le rates.

— Tu te rends compte de ce que tu me dis ? Tu oses faire voler mes papiers ! Au fond, tu penses que le monde doit tourner comme tu l'entends, c'est ça ? Mais je ne suis pas un pantin, une marionnette, dont tu fais ce que tu veux !

J'étais sous le choc. Millie avait agi en ne pensant qu'à elle, exactement comme elle l'avait fait quand elle avait quitté notre appartement du jour au lendemain. Finalement, sous ses airs bohèmes, elle n'avait pas changé. Je retrouvais en elle son double visage. Cela me rappela mon ancien mari. Je m'étais juré de ne plus me faire avoir et, pourtant, la vie me resservait le même plat. Il était certes agencé différemment, mais le résultat était identique. J'étais manipulée.

***

Aussi diminuée que démunie, je suis restée enfermée dans ma chambre pour la fin de la soirée et tout le lendemain. Millie glissa dans la nuit un papier sous ma porte.

« Salomé, excuse-moi. Mon acte est odieux. Je ne pensais pas te faire de mal, bien au contraire. J'aurais dû essayer de te convaincre de rester un peu plus longtemps avec nous, au lieu de cette mise en scène grotesque. J'ai agi sans réfléchir, comme d'habitude, à l'instinct. C'est peut-être une qualité, mais, dans mon cas, c'est surtout un très gros défaut, qui m'entraîne parfois sur des terrains glissants. J'ai l'impression que tu as perdu tes illusions sur à peu près tout, et qu'en dehors de ton entreprise,

plus rien ne compte vraiment. Je cherche à t'aider à te rouvrir au monde. Mais cela n'excuse pas mon geste. Je m'en veux terriblement. Je risque de perdre ton amitié une seconde fois, et cette idée m'est insupportable. »

J'ai aussitôt déchiré sa lettre et l'ai jetée à la poubelle. J'en voulais à la terre entière, mais surtout à moi-même. Millie me décevait. Comme tous mes proches. Mon ex-mari m'avait fait perdre les pédales. Mes parents, enfermés dans leur bulle parfaite, ne m'avaient pas donné les bons repères. Philippe, mon associé, manquait d'ambition à mon goût. Bref, ces dernières heures me faisaient remettre tout en question, et je projetais sur les autres mes propres démons. Millie, par son geste puéril qui me laissait démunie, sans papiers, me plongeait dans une sidération qui faisait écho à mon état général depuis des mois, voire des années. Le constat n'était pas glorieux, mais je n'avais pas le choix : je devais rester à Sintra quelque temps, trouver des solutions, et tenter de ne pas me comporter en victime de la vie. Cela aurait été trop facile, et j'en avais conscience. Mais maintenant, j'allais rester sur mes gardes vis-à-vis de Millie.

***

Toute la fin de semaine, je l'ai consacrée à légaliser ma situation au Portugal et à assurer mes arrières pour mon travail. Je me rendis à l'ambassade de France, située à Lisbonne, où je déclarai le vol de tous mes papiers. On me remit un récépissé, et je remplis les documents nécessaires pour que ces papiers soient refaits. Le délai d'attente était de 2 à 6 semaines…

Je pris soin de transmettre immédiatement ces informations par mail à mon associé, puis je fis un point précis, par visioconférence, avec chacune de mes équipes sur les différents projets en cours. Je fis aussi valider par Philippe tous les budgets engagés. C'était inhabituel, mais la situation l'imposait. Et en aparté, après une réunion, il me confia qu'il me trouvait bien mauvaise mine. Il me suggéra de rester à Sintra encore quelque temps pour me remettre de mes émotions. De sa part, c'était plutôt étrange. Il me voulait toujours à ses côtés d'habitude. Mais au regard des derniers événements, je gardais une certaine distance avec les comportements étranges.

Henry me rassurait en trouvant toujours les mots justes. Il tentait de toutes les manières de me redonner le sourire, même si je ne comprenais pas pourquoi il avait tant d'attention à mon égard.

Une fois le stress et la colère retombés, ce qui prit trois bons jours, je choisis de profiter de mon séjour prolongé dans cet endroit merveilleux puisque Philippe m'encourageait dans cette voie. Beaucoup auraient payé une fortune pour être à ma place. Je me disais avec une pointe de honte qu'au final, j'avais des problèmes de riche.

J'en appris davantage sur l'histoire du pays, notamment sur l'invasion de la péninsule ibérique par les Maures au VIIIe siècle. Elle expliquait la présence du « château des Maures » qui coiffait l'une des plus hautes collines de Sintra, dont on pouvait d'ailleurs apercevoir les ruines au-dessus de la cime des arbres.

J'avais maintenant un nouveau rythme, et m'octroyais une grasse matinée jusqu'à 8 heures du matin — alors que je me levais à 5 heures à Paris — pour apprécier la fraîcheur du jardin. Après avoir pris un petit-déjeuner avec d'autres hôtes de la maison, je traînai dans le hall, ne sachant pas quoi faire de moi. Henry arrivait au même moment, prêt à jardiner. Il était toujours actif, et faisait plein de petits travaux ici ou là. Lui, l'ancien trader, m'avait confié que désormais, il aimait par-dessus tout travailler de ses mains et laisser son cerveau au repos, et plus encore les chiffres. Un matin, alors que j'admirais la vitrine de pierres précieuses qui avait attiré mon regard dès mon arrivée le premier jour, il commença à me parler plus longuement.

— Les pierres les plus précieuses sont découvertes une fois tous les dix ans, pas plus. C'est pourquoi elles sont si convoitées. Sans oublier qu'elles sont extrêmement durables. Les années peuvent passer, voire les siècles, le temps n'a pas de prise sur elles. Bien au contraire. Elles se transmettent de génération en génération, et permettent parfois aux membres d'une famille de réaliser des rêves. Cachées dans des endroits secrets, elles représentent une forme de sécurité, bien plus qu'une maison, qui peut brûler...

Effectivement, je n'avais jamais envisagé les pierres sous cet angle. Henry était lancé à présent.

— Elles donnent le pouvoir de recommencer une nouvelle vie en cas de nécessité. Et puis, dans les pays occidentaux, elles nourrissent les romans et les légendes. Tel diamant porté par une princesse ou une femme célèbre, et c'est tout le système qui s'emballe. Tu vois, les amateurs achètent bien plus qu'une pierre, au fond ; ils achètent surtout une belle histoire. Et cet objet de fascination se paie au prix fort. C'est ce que dit James. Il passe son temps à sillonner la planète à la recherche de gemmes précieuses.

— Qu'est-ce qui l'attire tant dans cette vie passée dans les avions ? demandai-je avec une curiosité grandissante.

— C'est un mélange de tout ce qu'il aime, je crois, mais il en parlerait mieux que moi : les voyages, la culture, les gens, le côté scientifique aussi, la géologie. Et puis, peu importe où tu te trouves, si tu es près d'une zone d'extraction, tu peux facilement te connecter à l'autre en parlant des pierres, si tu n'entres pas trop dans les détails. Et puis les pierres nous ramènent à la terre, à l'essentiel. En tout cas, c'est ce que James ne cesse de me dire depuis qu'il exerce ce métier avec passion.

Nous fûmes interrompus par une musique. Cette fois, elle provenait du salon. Henry et moi entrâmes à pas feutrés. Pacôme était assis derrière le piano à queue. Il jouait un air des *Beatles* en souriant. Je reconnus *A day in the life.* Je suis allée m'asseoir sur le canapé, pour pouvoir mieux l'écouter et voir ses mains danser sur les touches noires et blanches satinées. Il regarda rapidement dans ma direction, et se refocalisa aussitôt sur l'instrument. Son visage exprimait une profonde concentration, et il semblait absorbé par un ailleurs très lointain.

Millie arriva à ce moment-là. Elle resta dans l'embrasure de la porte, et écouta la mélodie. Un large sourire laissa entrevoir ses dents blanches parfaitement alignées.

***

Soudain, je remarquai que Pacôme avait terminé le morceau et avait enchaîné sur une musique que je ne connaissais pas. Henry semblait subjugué. Le rythme ralentissait puis, sous les doigts fins et agiles du pianiste, l'air prenait de plus en plus de puissance. À l'aide de la pédale, Pacôme faisait résonner les vibrations dans toute la pièce. Je suffoquais, de plus en plus à l'étroit dans mon corps. J'étais censée être dans un état de contemplation, l'esprit déconnecté et en paix, mais c'était tout l'inverse. J'étais agitée, en proie à une prise de conscience fulgurante qui montait en moi depuis le premier jour : j'avais raté des rendez-vous essentiels dans ma vie. Je m'étais abîmée, je m'étais égarée. J'avais cru que le travail menait à tout, puisqu'on n'avait cessé de me le répéter durant mon enfance. M'étais-je trompée ? Mais qui étais-je, finalement ? J'avais presque 39 ans et je ne le savais toujours pas. Je me perdais dans cette pièce sublime de la Maison Jaune et dans ce morceau. Et plus j'étais assaillie par ces questions, plus Pacôme jouait vite, comme pour m'entraîner plus loin encore dans les abysses de mon âme.

— Ça va, Salomé ? me chuchota Henry.

Je ne parvins pas à répondre. Quand la musique cessa enfin, je me levai en chancelant. J'avais besoin d'aller respirer dehors. Il m'accompagna, suivi peu après par Millie, qui s'exclama en me voyant :

— Je vois que la musique te bouleverse. C'est bien !

Je n'en croyais pas mes oreilles. Millie avait perçu mon drôle d'état et trouvait que c'était une bonne chose ! J'en étais confuse. Je voulais rentrer chez moi, retrouver ma routine, mes challenges, mon bureau, mes habitudes. Je n'aurais jamais dû écouter Millie, et retrouver cette fille qui faisait partie de mon passé. J'avais toujours dit qu'il ne fallait jamais revenir en arrière, et voilà que je payais le fait d'avoir dérogé à mon propre principe de vie. Nous n'avions plus rien en commun. Je ne reconnaissais pas cette ancienne amie. Sa troupe d'hurluberlus n'était pas pour moi, même pour des vacances. Je préférais de loin une semaine passée chez mes parents, dans le Sud, au sein du cocon familial, et les conversations rassurantes durant lesquelles je racontais mes réussites professionnelles sous l'œil admiratif de ma sœur. Tout le reste n'avait pas sa place dans ma vie. Si j'avais pu rentrer instantanément en France, ou trouver un autre hébergement non loin de Lisbonne, je l'aurais fait sans me retourner. Mais sans mes nouveaux papiers, c'était impossible.

— Salomé, tout va bien, tu sais.

Au même moment, Bob, le développeur, passa par là. Il me lança tout de go :

— Toi, tu as la tête de celle à qui on vient de musicaliser son âme !

Tout en riant dans sa barbe, il s'éloigna, me laissant plus irritée encore. Sa compréhension des algorithmes et de la technologie numérique lui conférait sûrement une intelligence particulière, voire supérieure, mais son air cynique m'était désagréable depuis le début.

— Il a raison, enchaîna Henry. La première captation fait souvent cet effet. Ce n'est pas très confortable, mais tu verras, c'est bénéfique au final.

Je ne savais pas de quoi il parlait. Décidément, ces gens m'énervaient au plus haut point.

***

Lettre à mon arbre de Jade

Ici, mon temps n'est plus découpé, monétisé, rentabilisé. J'ai l'impression que ma vie s'y décante lentement, que je me défais peu à peu de ma carapace, que je me redécouvre. Je ralentis, je sens, j'écoute. Pour retrouver la lumière.

***

À plusieurs reprises, tôt le matin ou en journée, j'entendais le son du piano, mais je ne voulais plus entrer dans la bibliothèque, même si l'idée de lire dans cette pièce calme et veloutée était séduisante. J'étais secouée, et sans Henry à mes côtés, je me serais sans doute laissé aller à une profonde tristesse. Il était prévenant, doux, réconfortant, et toujours prêt à prendre du temps pour me faire découvrir ce pays qu'il aimait tant. Sa sollicitude me donnait envie de m'abandonner dans ses bras. Je n'avais pas été enlacée depuis tant d'années... Mais tout restait verrouillé en moi.

— Viens, je t'emmène faire un tour à Lisbonne, et cette fois, ce n'est pas pour tes papiers. Ce sera une belle visite juste pour le plaisir !

J'étais tentée de saisir la perche qu'il me tendait. Millie devait se plonger dans des tâches administratives, m'avait-elle dit la veille. Je pouvais bien m'accorder ce moment d'évasion. Henry était une compagnie des plus sympathiques. Nous n'étions pas dans un jeu de séduction, ou du moins, je ne le pensais pas, même si je le trouvais attirant. Je n'avais pas vraiment la tête à flirter à la Maison Jaune. Et je repensais souvent à cet homme, gérant d'un bel hôtel à Paris, rencontré lors d'une soirée professionnelle. Il voulait m'inviter à dîner au retour de mes vacances. Il pourrait apporter de nouveaux contrats à mon entreprise. J'y voyais une opportunité plus qu'un coup de cœur. Encore fallait-il que j'arrive à rentrer chez moi.

Henry conduisait vite et bien. Cela me grisait, et je me sentais plus en sécurité dans sa solide Volvo que dans la légère Méhari de Millie, qui avait par ailleurs un côté plus « cliché ». Or je détestais les clichés. Clément, mon ex-mari, les collectionnait jusqu'au ridicule, même si ce n'était pas le même genre de cliché, j'en conviens.

Il allait chez le dentiste tous les trois mois pour se faire blanchir les dents, rêvait d'habiter Neuilly quoi qu'il en coûte, s'était acheté une Porsche deux ans plus tôt pour briller au travail et auprès de notre cercle d'amis, mettait de la gomina dans les cheveux, avait une barbe de deux jours et le t-shirt faussement mal mis dans le pantalon, histoire de faire négligé alors que c'était tout l'inverse de lui. La spontanéité ne faisait pas partie de son monde. L'argent qui se trouvait sur notre compte bancaire commun était dépensé après une étude minutieuse de chaque achat, particulièrement en ce qui me concernait. Heureusement, je gérais bien mon entreprise et j'utilisais librement les cartes bleues à mon nom. En société, il était joyeux, désinvolte, drôle, mais à la maison, il montrait un tout autre visage. Il était souvent fatigué, sombre et agressif.

Henry me lança :

— Je t'emmène voir quelqu'un dans le quartier Principe Real, situé entre le Bairro Alto et la Place de Rato. C'est l'endroit préféré de Millie à Lisbonne. Tu verras, c'est chic et bohème ! Et en plus, c'est LGBT+ *friendly* !

Effectivement, Millie m'avait montré rapidement ce quartier à mon arrivée. Et je ne prêtai guère attention à la précision apportée par Henry. Un de mes collègues était gay, et c'était avec lui que j'aimais débriefer les collections, discuter et me confier parfois sur mes doutes en tant que dirigeante. Dans l'une des rues principales, j'aperçus d'anciens petits palais reconvertis en logements de grand standing ou en hôtel de luxe. J'essayai de noter des détails frappants, mais mon stylo tressautait à chaque pavé. Nous fîmes un détour par la Pastelaria Padaria de São Roque pour faire le plein de *natas*, des pâtisseries à la crème, avant de retrouver l'ami de Henry. Nous l'avons attendu dans un café situé sur une petite place centrale et verdoyante, sous un cèdre centenaire, tout en écoutant le chant entêtant des oiseaux, plus fort parfois que le bruit des voitures.

Quand Adriano arriva et embrassa amoureusement Henry sur la bouche, je souris bêtement. Et moi qui avais pensé que Henry avait peut-être un faible pour moi… La tournure des événements me plaisait. Maintenant, c'était clair : il pouvait être mon repère ici, sans qu'il y ait une once d'ambiguïté entre nous. Et j'en étais soulagée.

Henry avait garé sa voiture sous un jacaranda en fleurs. Tous les trois, nous avons parcouru la ville, en nous réfugiant dès que nous le pouvions à l'ombre, car le soleil était étourdissant. Adriano portait des vêtements branchés, avait abusé d'un parfum aux effluves pourtant délicats, et il parlait avec un léger chuintement dans la gorge. La fine cicatrice au-dessus de ses lèvres laissait suggérer un bec-de-lièvre parfaitement opéré. Il était fleuriste, et le raffinement marquait tous ses gestes.

Les amoureux voulurent faire un tour en tuk-tuk jusque dans les hauteurs de l'Alfama, un des plus anciens quartiers de la ville, qui encerclait le Castelo de Sao Jorge, le « château de Saint-Georges ». Tandis que nous patientons dans la file d'attente, Adriano m'expliqua que le nom « Alfama » était dérivé de l'arabe et signifiait « mille sources ». Son large sourire disait sa fierté de me faire partager sa passion pour sa ville.

Nous montâmes enfin dans un tuk-tuk, où Adriano et Henry s'installèrent côte à côte dans un tendre enlacement, et la magie opéra rapidement. Le quartier, très escarpé, était un labyrinthe de superbes rues pavées, dallées de petits carreaux noirs et blancs et bordées de vieilles maisons. J'avais l'impression que nous roulions sur de véritables œuvres d'art.

— Le pavage des rues remonte à l'époque romaine, indiqua Adriano, sous le regard brillant d'Henry qu'il tenait fort par la main. Cela évitait au clergé et à la noblesse de se salir les chevilles et les pieds. Le revêtement est composé de calcaire blanc et de basalte juxtaposés pour créer un fort contraste visuel. Malheureusement, ce tapis de pierre est négligé par le pas des touristes et des habitants, qui ignorent ou méconnaissent la valeur de ce symbole national ! Ça a le don de m'exaspérer ! C'est quand même sur ces pavés que les militants ont ensuite marché vers la démocratie, que nous faisons des révolutions, que nous vivons et évoluons chaque jour. Nous devons honorer ces parterres à l'ancienne, n'est-ce pas Monsieur ?

Il s'adressait au conducteur de tuk-tuk, visiblement indifférent à ses propos.

Presque arrivés dans les hauteurs pour admirer la vue imprenable sur Lisbonne, le téléphone de Henry sonna :

— Bonjour, James. Tu arrives quand ? Dans deux jours pour une semaine ? Fabuleux ! On va pouvoir profiter un peu de toi !

Je me trouvais sur le belvédère du Castelo de Sao Jorge et j'étais trop loin pour entendre la suite de la conversation. Henry était euphorique, mais Adriano ne semblait pas voir les choses de la même manière.

— James arrive après-demain ! répéta Henry.

Je ne savais pas si je devais m'en réjouir ou non. Je ne trouvais toujours pas mes marques à Sintra. Trop de monde dans la Maison Jaune, trop d'émotions mêlées, surtout après le morceau de piano joué par Pacôme. Trop d'agacement aussi de devoir attendre aussi longtemps mes nouveaux papiers. Trop de souci avec ma boîte, que je devais gérer d'ici. Mais je ne pouvais nier mon désir de revoir James, et de constater de mes propres yeux ce qu'il était devenu.

***

De la terrasse haute de la Maison jaune, des étourneaux s'élançaient et tourbillonnaient devant moi, dessinant des volutes en chœur avant de se poser dans un grand arbre. Alors que je me dirigeai vers la porte d'entrée, Millie arriva vers moi. Elle était au téléphone, en pleine conversation en portugais. Sa voix était tendue. Elle était tracassée et j'aurais aimé connaître cette langue pour comprendre la cause de ses soucis. J'avais commencé à noter des mots basiques du dictionnaire afin d'être capable d'exprimer les choses essentielles le temps de mon séjour, mais c'était assez limité. Avant de raccrocher, elle termina la conversation par un « *Fuck it !* » en soupirant. Ça, je comprenais. Quand elle prit conscience de ma présence, elle sursauta, gênée, et se gratta la gorge. Je fis comme si de rien n'était. J'en avais pris mon parti. Il y avait quelque chose de trouble, d'insaisissable en elle, même si, depuis notre échange musclé, elle se pliait en quatre pour que je sois bien.

Pour la divertir, je saisis le premier sujet qui me vint à l'esprit :

— J'ai encore entendu ce matin de la musique dans le jardin. Votre idée de faire pousser les fruits et les légumes avec cette technique est vraiment inédite.

— Ah, tu trouves ? J'avais envie de diffuser une musique connue, mais James a insisté pour que ce soit une des improvisations de Pacôme. J'espère que ça ne te bouleverse pas à chaque fois que tu te promènes. D'ailleurs, allons le rejoindre !

***

Lettre à mon arbre de Jade

Quand Millie m'a écrit son premier mail, j'ai tout de suite pensé à James. En venant à Sintra, une part de moi souhaitait le revoir. Je ne l'ai pourtant côtoyé que durant les trois jours où il a vécu avec nous dans notre appart.

Je me souviens de tout dans les moindres détails. Il était de passage à Paris, avec un petit sac à dos pour seul bagage, et il a dormi dans le salon, sur le clic-clac. Il cuisinait pour nous. Tout en sifflotant, il prenait les restes dans le frigo et, avec un ananas, un peu de riz, des épices et sûrement d'autres choses dont je ne me souviens plus, il nous offrait un repas aussi improvisé que délicieux. Nous le dévorions sur notre petite table bon marché en le complimentant. Il mettait du rock pour nous réveiller le matin. Cela m'exaspérait et, en même temps, j'adorais. La journée, j'allais à mes cours à la fac et, le deuxième soir, nous sommes allés au théâtre pour assister à la pièce Le Cercle de craie caucasien *de Bertolt Brecht, mais je ne me souviens plus du tout de quoi il était question. James me parlait fréquemment à voix basse pendant le spectacle, et Millie nous lançait des « chut » exaspérés toutes les deux minutes.*

Le lendemain, je ne suis pas allée à la fac. Millie non plus. Nous avons opté pour un pique-nique improvisé aux Buttes Chaumont. Il avait apporté quelques bières brunes et un lecteur de CD pour diffuser un album des Beatles. Qu'il nous bassinait avec ce groupe ! Il connaissait par cœur la vie de John Lennon et de Paul McCartney. Il affirmait que rien de mieux n'avait été produit depuis eux, et que John Lennon était son guide, son inspirateur. Il en faisait des caisses, ça se voyait, et nous en avons parlé longuement, car Millie était fan aussi. Ce groupe, c'était une religion dans leur famille. Moi, je préfère de loin les musiques actuelles, et James se moquait gentiment de moi à ce sujet. J'ai commencé à mieux le cerner : derrière le « moi je sais tout », je sentais une inquiétude, une fuite. Il se mit soudain à pleuvoir, si bien que nous avons déjeuné sous un arbre, trempés, et ça nous amusait.

***

James était donc de retour. J'eus à peine le temps de le saluer. Depuis son arrivée, il était comme un feu follet, courant en tous sens, soit pour discuter avec les résidents de leurs projets, soit le téléphone vissé à l'oreille pour son travail. Son agitation me donnait le tournis. Je me fis une réflexion en l'observant : « Moi aussi, je donne cette impression, en étant si fréquemment au téléphone avec mes clients ou mes collaborateurs ? Ce n'est pas très engageant pour les autres… » J'avais devant moi un homme de 45 ans environ, qui me dépassait facilement d'une tête. Ses cheveux bruns en bataille, éclaircis par le soleil, et ses vêtements décontractés lui donnaient une allure sympathique.

Un soir, après le dîner auquel il n'avait pas participé, travail oblige, il prit enfin le temps de passer un moment avec nous. Dans la bibliothèque, Millie voulait absolument lui montrer, ainsi qu'à Henry et moi-même, les dizaines de photos qu'elle avait postées sur Instagram pour faire connaître la Maison Jaune. Le jardin aux mille couleurs grâce aux fruits et légumes qui doraient au soleil, la terrasse du haut, avec ses tables, ses chaises et ses coussins colorés, des entrepreneurs en train de travailler sur leur ordinateur dans le jardin, leur planche de surf posée dans l'herbe, ou encore la magnifique bibliothèque avec le piano à queue majestueux, rehaussaient joliment un *feed* bien étudié. Impossible de rester insensible à un style de vie qui faisait oublier aux personnes en manque de sensations fortes comme moi leur quotidien métro-boulot-dodo.

James sembla content de me revoir, mais sans plus. Je m'attendais à davantage d'effusion de sa part. Certes, il me souriait beaucoup, mais c'était un peu forcé. Et sa complicité avec sa sœur et Henry m'excluait. J'étais décidément très loin de celle que j'étais à Paris. Sûre de moi, solide, toujours avec un pion d'avance, comme quand je jouais aux échecs... Depuis mon arrivée, je m'étais comme absentée de moi-même. Je devais de toute évidence retisser des liens avec cette fratrie, et seul le temps pouvait œuvrer dans ce sens. La connexion spontanée que j'avais eue avec Henry ne l'était pas autant avec Millie et James. J'observais la scène, serrant sur mon ventre un des gros coussins du canapé. Millie n'avait d'yeux que pour son frère, ce qui me rappela combien ils étaient fusionnels, comme j'avais pu le constater lors de son séjour avec nous à Paris. Il parlait fort, faisait de grands gestes avec impétuosité et aplomb en racontant ses derniers voyages, le regard brillant. Certains résidents passaient une tête dans la pièce, mais n'entraient pas. La bibliothèque semblait protégée par un halo dans lequel ne pouvaient pénétrer que quelques privilégiés. En faisais-je partie ? Rien n'était moins sûr. J'avais le sentiment d'avoir perdu mon identité en même temps que mes papiers. Je savais que ma réaction était excessive et que, pour un regard extérieur, elle pouvait passer pour de l'immaturité. Mais la situation me renvoyait à un pan entier de ma vie, où l'on m'avait exclue, rabaissée, ignorée, humiliée... Ma carapace s'effritait et me laissait démunie.

James daigna enfin tourner la tête vers moi pour me porter une miette d'attention.

— C'est sympa de te voir parmi nous, Salomé. Millie m'a appelé en pleine nuit, quand j'étais en Birmanie, juste pour me dire qu'elle t'avait retrouvée. À cause de toi, je n'ai pas réussi à me rendormir ensuite, si bien que je n'étais vraiment pas frais le matin, lors de mon rendez-vous avec mon banquier. Mais je ne t'en veux pas !

Excellente entrée en matière pour me mettre à l'aise ! Mais comme tout le monde s'accordait à dire dans cette Maison que Monsieur James était quelqu'un de génial, il m'était difficile de lui voler dans les plumes. Henry regarda le plafond, gêné pour moi. Puis il lança, sans doute pour changer de sujet :

— Demain, nous accueillerons un peintre espagnol très connu dans son pays. Il a reçu une bourse et il nous rejoindra pour deux mois, le temps de réaliser une fresque sur toile commandée par la ville de Barcelone. Il va aussi donner quelques cours de peinture dans des écoles. C'est le genre d'invité que je suis impatient de connaître. Je me suis occupé de son admission. Il est très intéressant, vous verrez.

À l'occasion, je dessinais de petits croquis dans mon carnet, pour accompagner ou illustrer mes notes. L'idée d'améliorer mon coup de crayon auprès de ce nouvel arrivant me revigora. Car tout se fermait en moi. Je devenais craintive, friable, dénuée du pragmatisme qui me caractérisait. La peinture me ferait peut-être le plus grand bien, contrairement au morceau de piano la dernière fois. Pacôme s'assit à cet instant devant son instrument tout en s'adressant à James :

— James, ce morceau est pour toi. Voici les notes qui te représentent !

Il respira profondément, ferma les yeux et s'illumina. James décroisa ses jambes, se redressa. Il était prêt à recevoir je ne sais quoi.

Dès que les premières notes vibrèrent, tout fut comme suspendu dans l'air, les souffles, les sens…

Henry, prévenant, me tendit un petit papier sur lequel il avait écrit : « *Il ne s'agit pas de croire, mais d'ouvrir son cœur à une possibilité, de la laisser advenir.* »

En lisant ces mots, je compris que la musique exprimait peut-être tout ce que je ne pouvais dire. Pour la seconde fois, après l'épisode dans le jardin, elle devenait pour moi une sorte d'incantation capable de contacter une force créatrice que je ne savais pas encore nommée, mais qui était là, tout près de moi. Plus Pacôme avançait dans son morceau, plus il me semblait maîtriser un nouvel alphabet qui formait des phrases et un langage à part entière.

Quand il eut fini, je ressentis un apaisement nouveau. J'étais à mille lieues de la femme que j'étais 10 minutes plus tôt. James aussi paraissait plus serein. Il émanait de lui un rayonnement semblable à celui que j'avais aperçu des années plus tôt, à Paris. Nous étions partis en voyage dans un pays qui n'appartenait pas au monde que nous connaissions. Nous y avions volé, flotté. C'était aussi imprévu que bouleversant. Je ne souhaitais qu'une chose : y retourner.

Millie reprit la parole la première :

— J'attendais cet instant depuis le début, Salomé ! *I am so proud of you !* La musique de Pacôme t'a traversée, et tu as réussi à l'accueillir, à t'oublier, et à te laisser emporter. Nous devons fêter ça !

Dans l'état où j'étais, je n'avais nul besoin d'analyser ce qu'il venait de se passer. Je m'abandonnais à mes sensations, et j'aurais voulu qu'elles durent éternellement. Pourtant, Millie reprit :

— Tu as plusieurs façons de voir le soleil. Soit avec des documents scientifiques qui te démontrent par A plus B comment l'astre fonctionne. Soit par une autre voie, plus subtile : tu regardes une fleur et soudain, tu comprends ce qu'est le soleil pour cet être vivant et pour tout ce qui l'entoure. Ils sont le reflet l'un de l'autre. Cette musique te permet d'avoir accès à ces perceptions fulgurantes. Pacôme joue la musique de ton âme en t'offrant une tonalité intime, qui n'appartient qu'à toi. De cette manière, il te fait passer des messages, non pas ceux que tu souhaites recevoir, mais ceux dont tu as besoin, et qu'il perçoit intuitivement.

C'était tellement vrai, tellement juste... Et même si Pacôme avait dédié cette captation à James alors qu'elle m'était en réalité destinée, je ne lui en voulais pas de ce subterfuge. Il m'avait sans doute permis d'être complètement détendue, à l'écoute, et de me laisser emporter par une expérience extraordinaire...

***

Une fois remise de mes émotions, je retrouvai mes compagnons dans la vaste cuisine pour finir la soirée. Et là, ma surprise fut totale : la pièce était plongée dans une semi-obscurité, les tables et les chaises avaient été poussées contre les murs, et des bougies, disposées à intervalles réguliers, dessinaient une longue allée. Une trentaine de personnes se tournèrent vers moi tout en levant leur verre.

— À *my dear* Salomé !, s'exclama Millie. Tu es parmi nous depuis quinze jours, maintenant, et c'est un bonheur de savoir que l'on va encore partager du temps avec toi. J'ai bousculé le destin, je l'avoue, et une grande part en moi s'en veut. Mais tu restes encore un peu avec nous, c'est ça l'essentiel... Nous savons que ce n'est pas facile pour toi de te réorganiser et de piloter ton entreprise de si loin. Mais sache que tu peux t'appuyer sur tous les membres de notre maison. Tu as notre soutien, et si nous pouvons t'aider d'une façon ou d'une autre, surtout, sollicite-nous !

Millie vint me serrer fort contre elle, sous les applaudissements de la petite assemblée. J'aurais pu fondre en larmes dans ses bras, mais je sentais que l'on attendait de moi un mot de remerciement.

— Chers amis, merci pour votre accueil et pour ce toast, qui me touche particulièrement. Mon séjour parmi vous s'est prolongé malgré moi — tes remords sont les bienvenus,

Millie, merci ! —, et certains d'entre vous se sont sûrement aperçus que j'étais un peu secouée. Mais je commence à entrevoir des versants plus subtils de l'existence, et à accepter de prendre les choses comme elles viennent. Grâce à vous, je m'extrais de la turbulence. Et je commence à réaliser que, lorsque les choses tournent grâce à la collaboration de tous, on ne peut que se demander comment y contribuer. Il est peut-être temps pour moi de porter un autre regard sur ma vie, et de changer de perspective. Je ne cherchais rien de particulier en répondant à l'invitation de Millie. Mais des choses nouvelles se sont présentées à moi. Merci à…

Les applaudissements ne me laissèrent pas le temps de terminer et déjà, Millie reprenait la parole pour porter un nouveau toast :

— À James ! Puisses-tu rester cette fois un peu plus longtemps parmi nous ! Tu pourrais nous apporter des idées neuves suite à tes derniers voyages, nous aider à prendre du recul sur nos nombreux projets, et vivre avec nous des instants, comme à chaque fois, peu ordinaires…

Il lui fit juste un signe de tête en guise d'approbation. Et aussitôt, on m'appela à l'autre bout de la pièce pour bavarder avec moi et me faire goûter un vin de la région.

Puis je me retrouvai à côté de Bob, le développeur. Il me parla de big datas, de sa passion pour l'intelligence artificielle, et de son envie de hacker des programmes relatifs aux enjeux cruciaux de notre époque pour prototyper des solutions. Je ne comprenais pas grand-chose à ce monologue indigeste, mais je n'avais jamais vu quelqu'un aborder de façon aussi enthousiaste des thèmes si inquiétants à mes yeux. Tout en acquiesçant, par politesse, je songeai à ce voyage vers moi-même dans lequel j'étais plongée.

***

Lettre à mon arbre de Jade

J'ai l'impression de pénétrer dans un étrange territoire, et de devoir pour cela abandonner mes anciennes cartes, car elles sont devenues inutiles et me ralentissent. J'ai entendu une sorte d'appel douloureux. J'affronte à présent les ombres que j'ai enfouies si longtemps à Paris. Mais aux prémices d'une compréhension nouvelle, je réalise qu'à la Maison Jaune, il n'y a pas de place pour les chimères.

4.

« Tu diras peut-être que je suis un rêveur,
mais je ne suis pas le seul.
J'espère qu'un jour tu seras des nôtres
et nous serons tous unis. »

Dans la grande cuisine, la fête battait son plein et j'étais plongée dans un brouhaha étourdissant. Mais comme souvent dans ces soirées, mon regard revenait immanquablement sur Millie, dont la liberté me fascinait. Sa robe d'été à bretelles dévoilait ses nombreux tatouages. Certains étaient discrets — sur un coin d'oreille, entre deux doigts, sur la cheville —, d'autres moins, comme ceux formant comme un collier sur sa gorge. De légers traits légèrement bleutés, composés de points minuscules, ornementaient aussi son corps. Je n'avais jamais aimé les tatouages, mais sur elle, je devais m'avouer qu'ils étaient sublimés. Serait-ce toujours le cas quand elle aurait atteint l'âge d'être grand-mère ? Elle n'était sûrement pas du genre à se poser ce type de question. Je la savais libre de toute projection sur le passé ou le futur.

Elle butinait en se glissant entre les convives, agglutinés debout autour de la grande table sur laquelle était installé un buffet. Sans l'once d'une gêne, elle picorait aussi directement dans nos assiettes, notamment lorsque nous en fûmes au gâteau. Tout le monde semblait trouver ça normal. Elle riait fort, comme du temps où elle buvait plus que les filles à l'estomac fragile, dont je faisais partie, lorsque nous étions jeunes. Je l'entendais, même quand je me trouvais à l'autre bout de la pièce. Déjà, pendant notre colocation, j'avais remarqué son penchant pour la vodka orange, qui lui retournait la tête avant même que son verre soit terminé. Je ne comptais pas les fins de soirées où elle finissait la tête au-dessus de la cuvette des toilettes, alors que je restais à ses côtés pour tenir ses longs cheveux châtains, avant une bonne douche et une nuit de sommeil réparatrice. À l'époque, elle buvait par désinvolture, pour être encore plus gaie qu'elle ne l'était naturellement sans doute. Il est vrai qu'elle avait l'alcool joyeux, ce qui n'était pas pour déplaire aux invités. Grâce à elle, l'ambiance était assurée. Mais les années avaient passé… Elle se dirigea enfin vers moi.

— *My darling,* je retrouve ce soir la belle jeune femme que j'avais gardée en mémoire. Nos rires m'ont tellement manqué toutes ces années ! Avec les *boyfriend,* on ne rit pas autant, hein ? Les gens sont tous si choux, ici ! Ce sont eux qui font la richesse de cette maison. Je les aime, tu sais. Nous avons traversé tant de choses pour que cette maison existe. Ils sont tous incroyables. Pamila est si intelligente, et ne parlons pas de Bob…

Elle s'enflammait, trouvait tout le monde *sweet, marvellous, gorgeous.* Elle s'écoutait parler et n'attendait rien de moi, si ce n'était d'être là pour lui tenir compagnie. Je savais que son emphase faisait partie de son caractère. Plus elle en rajoutait, plus s'éloignait notre conflit au sujet de mes papiers disparus.

— Bois un peu de ce divin cocktail, *honey*. Il faut varier ses poisons, n'est-ce pas ?

Je n'avais aucune envie de suivre son conseil.

— Pourquoi tu n'as pas fait un petit bébé ? Un Salomé miniature, ce serait si mignon ! Et tu m'as dit rapidement que tu avais été mariée. Je ne peux pas imaginer que cet homme n'a pas vu le bijou que tu étais. Dis-moi, que s'est-il passé ?

— J'ai été mariée dix ans avec un homme qui se prénommait Clément, répondis-je évasivement. Et ce n'était pas très drôle, effectivement. La colocation, c'est mieux, je crois.

— Mais raconte, chérie. Où est ce goujat ?

— Je m'en fiche, tu sais, c'est le passé. J'aime mon travail, et maintenant que je suis célibataire, j'ai du temps pour développer mon entreprise. C'est le vrai point positif de toute cette histoire.

— Tu dis n'importe quoi, toi ! Le travail, c'est bien, mais pas si tu t'enfermes dedans ! Le bonheur, c'est dans les connexions avec les autres. Tu as besoin de ça, toi aussi !

Elle commençait à parler vraiment fort, et je me permis de lui demander de baisser d'une octave, mais elle n'en avait que faire.

— C'est pour ça que j'ai voulu te retrouver, et te garder encore un peu près de moi. Tu es la personne idéale pour reprendre les choses en main ici !

— Mais de quoi tu parles, Millie ?

Millie parut soudain très gênée, comme si elle en avait trop dit.

— Oh, je divague, *sorry* ! J'ai trop bu. Je vais aller me coucher.

Elle quitta brusquement la pièce, me laissant abasourdie.

La soirée finissait. J'hésitai entre prendre un ultime verre, discuter avec les derniers locataires encore présents, ou aller dans le jardin pour me retrouver un peu.

Figée, indécise, je sentis tout à coup quelqu'un glisser un petit objet dans la poche droite de ma salopette. Je tournai légèrement la tête. James se tenait à mes côtés, sans me regarder. Alors que je m'apprêtai à plonger la main dans ma poche, il me prit le bras d'un geste ferme, mais en souriant généreusement et me dit :

— Prenons la voiture et allons marcher quelque part, veux-tu ?

Il m'entraîna vers le perron de la maison, ne me laissant guère le choix de décliner son invitation. Nous marchâmes vers sa voiture, garée un peu plus loin dans le jardin. Depuis mon arrivée, je m'étais créé un petit rituel secret, auquel je ne dérogeai pas. À chaque fois que je franchissais le seuil de la maison, que ce soit pour entrer ou pour sortir, j'adressais un clin d'œil à la belle tête de lion qui ornait le heurtoir de la grande porte. Par ce geste, je m'ouvrais symboliquement à l'inconnu qui m'attendait. Ce lion me rappelait que je pouvais le faire en toute confiance, car il serait toujours là le lendemain. C'était idiot, mais cela me rassurait.

James savait où il voulait m'emmener. Je montai côté passager sans poser de question.

— Je t'emmène à Cabo da Roca voir la mer, me lança-t-il tout de go.

— Mais il fait nuit. On ne va rien voir.

— Justement. Fais confiance à mon instinct. Je n'y suis jamais allé à cette heure-là, mais je sens que c'est le bon moment pour toi. Ne me demande pas pourquoi.

Je me souvins de l'éloquence avec laquelle Henry m'avait parlé de ce cap. Et je n'avais pas eu le temps d'en toucher deux mots à Millie. J'étais quand même ici grâce à elle, et peut-être aurait-elle souhaité me faire découvrir cet endroit elle-même.

Comme s'il avait entendu mes pensées, James précisa :

— J'en ai parlé ce soir à Millie juste pour m'assurer que mon idée n'était pas stupide. Elle m'a dit que cela pourrait te plaire. J'espère ne pas me tromper.

***

La route serpentait dans la forêt, puis le paysage changea brusquement. Les monts se firent très arides, et l'on devinait la mer toute proche, sous le clair de lune. La profondeur de la voûte céleste et ses millions d'étoiles me donnèrent le vertige, comme souvent. Je fermai les yeux un moment.

Nous arrivâmes aux rochers sauvages, au bout du monde. Un vent violent me surprit quand je descendis de la voiture. Je sentis tout de suite que ce que l'on disait de ce cap spectaculaire n'était pas une légende. J'entendais le mugissement des vagues tout en bas qui frappaient les falaises abruptes battues par les vents. Un phare, une grande croix sur un monument en pierre et un café fermé témoignaient de l'agitation durant la journée. Nous étions les seuls fous à nous aventurer ici de nuit.

— « *Onde a terra se acaba e o mar começa.* »

— Je me suis à peine remise au portugais ! répondis-je en plaisantant. Tu peux traduire ?

— « *Voilà où s'arrête la terre et où commence la mer.* » C'est ce qu'en a écrit le poète portugais Luis Vaz de Camões. Nous sommes au point le plus occidental du continent européen.

— C'est incroyable ! criai-je pour me faire entendre, malgré le vent qui s'engouffrait dans mes cheveux et les plaquait sur mon visage. Il fait si noir ! Je ne vois ni la côte ni le littoral.

— Je laisse ce plaisir à Millie. Elle t'y ramènera sûrement une autre fois en journée. Pour l'instant, c'est de nuit que le *Cabo da Roca* s'offre à toi.

Il était presque minuit. James me demanda de prendre l'objet qu'il avait glissé dans ma poche. Je sortis alors une pierre de forme ovale, à peine plus grosse que le bout de mon pouce qui devait mesurer 1 centimètre. James l'éclaira avec la lampe de son smartphone et la pierre se couvrit de reflets.

— C'est un saphir qui vient du Sri Lanka. Je te l'offre. Cette variété de corindon, comme le rubis, possède une dureté de 9 sur 10 sur l'échelle de Mohs, juste derrière le diamant. Tu peux la faire monter en collier ou sur une bague. Elle a une certaine valeur, je pense. Je ne suis pas prophète et je serais bien incapable de te dire ce qui t'attend. Mais je connais suffisamment ma sœur et les signes de la vie pour savoir que, si tu te trouves à la Maison Jaune et que tu y joues les prolongations, même malgré toi, c'est qu'il y a une excellente raison. J'ai vu tes réactions pendant la captation d'âme de Pacôme. Il y a eu un avant et un après dans ton regard. Et dans la cuisine, ce soir, je t'ai observée, et j'ai senti que c'était le bon moment pour toi de découvrir ce cap. On rentre ? Il fait plus froid que je ne le croyais.

Nous roulâmes jusqu'à la maison en silence. Chacun était perdu dans ses pensées. Il me souhaita une bonne nuit avec un large sourire, exactement comme il l'aurait fait avant cette virée nocturne. Je me refusais à interpréter quoi que ce soit, mais je le trouvais toujours aussi énigmatique. Il n'avait pas fait une seule fois référence aux trois jours qu'il avait passés avec sa sœur et moi dans notre appartement à Paris. Et le saphir qu'il m'avait offert devait être hors de prix. Pourquoi un tel cadeau ? Il s'était également révélé bien plus attentif à moi que je ne l'avais cru jusque-là, et avait retrouvé son naturel dans nos échanges. Ce soir, il avait fait un pas vers moi.

***

Lettre à mon arbre de Jade

J'ai reçu un SMS à 20 heures. J'ai jeté un coup d'œil au calendrier. Nous sommes le 28 juillet. Depuis notre divorce, tous les 28 juillet à la même heure, IL m'envoie un message, toujours le même : « Tu me manques. Je réalise tout le mal que je t'ai fait. Les mois passent et je me soigne, je t'assure. Reviens. Clément. »

Cet homme est fou. Il pense que je vais m'apitoyer et céder. Je ne veux plus y penser. Je vais changer de numéro de téléphone. J'aurais dû le faire depuis longtemps. La peur s'estompe peu à peu. J'ai l'impression de reprendre le dessus.

***

Le peintre espagnol était arrivé, et il s'était installé dans l'une des cinq petites maisons dédiées aux invités en résidence. Mais comme il avait besoin de place pour travailler sur sa fresque, il avait investi la bibliothèque. James n'était pas satisfait de cette situation, m'avait confié Millie. Ce ne pouvait être, à ses yeux, que provisoire. Ce sujet avait créé des tensions entre eux, mais ils n'avaient trouvé aucune autre solution.

Par curiosité, j'avais jeté un coup d'œil par la porte grande ouverte, qui donnait sur la pièce calme et inoccupée. Le piano avait été poussé dans un coin et un grand chevalet trônait au centre. Des draps blancs avaient été étalés sur tout le sol pour éviter de tacher le beau plancher. Je me demandais si le peintre était satisfait ou non de cet espace qui lui était consacré. J'avais entendu dire qu'il préférait demeurer seul. Il ne vivait apparemment que pour ce qui allait naître sous son pinceau, aussi avait-il demandé à pouvoir déjeuner dans la pièce. Comme me l'avait dit Millie à mon arrivée, ici, on ne jugeait personne et on prenait les gens tels qu'ils étaient, tant qu'ils donnaient le meilleur d'eux-mêmes à leur façon. Donc personne n'émettait la moindre remarque.

Cette fois, en traversant rapidement le hall pour aller dans ma chambre, je ne pus m'empêcher de tourner la tête en direction de la bibliothèque. La curiosité me démangeait. Le peintre était là depuis quatre jours, et il les avait passés entièrement seul derrière ces portes. Cet illustre inconnu avait tout pour fasciner l'esthète en moi. Ce devait être tellement agréable d'être libéré des contraintes et obligations matérielles pendant un temps, de ne pas avoir à penser aux repas, à faire les courses et à laver son linge.

À travers l'embrasure de la porte, je lançai un timide « Bonjour », osant briser le silence qui régnait dans la bibliothèque. L'artiste, qui portait une blouse bien trop grande pour lui, se retourna vers moi sans avoir l'air surpris.

— Entre, entre. Enfin quelqu'un qui a l'audace de venir me parler ! Tu es vraiment magnifique ! me dit-il dans un anglais approximatif.

Je lui répondis dans la même langue :

— Je ne vous dérange pas en pleine création ?

— Et même si j'étais en pleine création, tu en ferais partie. Tu es création, tu fais partie du processus. Avec cette vision des choses, rien ne peut me déranger.

D'emblée, il me tutoyait et me signifiait qu'il avait envie de parler avec moi. Cet homme, d'une cinquantaine d'années, avait un côté chaleureux et communicatif, fort inattendu, qui me mit immédiatement à l'aise. Cette rencontre se déroulait très bien, contrairement à ce que je craignais.

— Comment t'appelles-tu ?

— Salomé.

— Salomé ! Magnifique, magnifique !

Il se mit à fouiller dans une valise en cuir installée à ses pieds, dont les coins cabossés témoignaient de son parcours mouvementé, et il en sortit un pinceau épais. Il prit une petite toile vierge, posée parmi d'autres sur une table à côté de lui, et la disposa sur le chevalet qui me tournait le dos.

— Salomé, parle-moi de ce que tu veux. Peu importe. Raconte-moi ce que tu fais dans la Maison jaune, comment tu y es arrivée. Tout ce qui te passe par la tête, en fait.

Hésitante, je commençai à relater ma longue amitié avec Millie, son invitation à venir la rejoindre, mon arrivée, mes papiers volés à Cascais, la façon dont je gérais mon entreprise à distance... Il disait « C'est bien, c'est bien » tout en acquiesçant et en peignant, ce qui m'encouragea à poursuivre mon récit.

Quand je regardai ma montre, car je commençais à avoir faim, je découvris qu'il était déjà 14 heures. Il n'avait sans doute pas déjeuné lui non plus, ou alors l'avait-il fait avant mon arrivée. J'avais envie de prolonger notre échange, même s'il était déséquilibré puisque j'étais presque la seule à parler. Il m'observait très attentivement, dans les moindres détails, mais étrangement, je n'en ressentais aucune gêne. Je me prêtais même bien volontiers au jeu.

Enfin, il tourna le chevalet vers moi et s'exclama :

— Et voici le résultat ! Alors, avoue ! Tu t'attendais à ce que ce soit ton portrait, n'est-ce pas ?

— Oui, c'est vrai.

Je demeurai un instant silencieuse, examinant mon « portrait » avec surprise. Alors que la fresque du peintre allait être figurative, mon portrait, lui, était complètement abstrait. Une véritable explosion de couleurs, où dominaient un bleu Majorelle, du turquoise et un jaune bouton d'or. À l'opposé des beiges et des terres de Sienne que je retrouvais dans le choix de mes vêtements ou dans la décoration et le design que je proposais à mes clients.

— Je ne sais pas ce que vous avez peint exactement, mais sincèrement, c'est très beau.

— Ce n'est jamais simple pour moi d'expliquer ce que je vois. Pendant que tu me parlais, je voyais des couleurs bien spécifiques. Les mots et les phrases sont, pour moi, associés à des sons, à des formes. Ils sont aussi en mouvement. Je peins ce que j'entends, et non ce que je vois. Au début de ton récit, tes mots étaient gris, et entourés d'un blanc cotonneux. Puis plus tu avançais, plus je voyais un bleu profond, le bleu du lapis-lazuli. Cette couleur te parle, n'est-ce pas ?

Comment avait-il deviné que j'aimais tout particulièrement ce bleu ? Ses paroles, sa peinture, sa personnalité...

Tout me subjuguait en lui. Il était l'incarnation de l'artiste tel que je le concevais. Je n'arrivais pas à quitter mon étrange portrait des yeux. Il s'en dégageait une impression de puissance et de joie qui me stupéfiaient. Si c'était bien là les couleurs de mon âme, j'étais bien plus forte et solaire que je ne le croyais.

Le peintre fit un pas vers moi et me tendit la toile, qui ne devait pas faire plus de 30 centimètres sur 40.

— C'est pour toi, ma chère Salomé. Maintenant, le travail m'attend. Reviens me voir quand tu veux ! Enchanté, moi, c'est Claudio, de Barcelone. Au revoir ! lança-t-il, m'invitant avec élégance, mais clarté, à quitter la pièce.

Je le saluai avec une joie contenue, puis emportai mon trésor dans ma chambre. Cette œuvre unique devait à présent sécher. Je l'imaginais déjà accrochée dans le salon de mon appartement, bien en évidence, pour ne jamais oublier ce moment incroyable.

Je me fis la réflexion que, grâce à Claudio, j'avais une vision différente de la Maison jaune, dont j'avais sans doute jugé trop vite les résidents. Je pressentais que j'avais encore beaucoup de choses à découvrir grâce à ce changement de regard.

***

Lettre à mon arbre de Jade

Décidément, à Sintra, l'art m'enveloppe de toutes parts. La rencontre avec Claudio, le peintre, vient renforcer la musique de Pacôme. Grâce à eux, je découvre que l'œuvre artistique me permet d'être au plus près de qui je suis, une fois délestée de mes croyances sur le succès, le bonheur, le temps qui passe… L'un et l'autre, en créant à partir de leur propre inspiration et de leurs propres perceptions, me font découvrir des sons et des couleurs qui me décrivent d'une façon étonnamment juste. Mon âme est bleue comme le lapis-lazuli et émet des sons mélodieux là où je ne voyais que des fausses notes et de la dissonance. C'est drôle, on ne se pose jamais ces questions. Quelle est la bande originale de notre propre film ? Quelles sont les couleurs de notre âme ?

***

Un peu plus tard, je suis allée marcher dans le jardin. Millie y discutait tranquillement avec Pamila, l'ophtalmologue, tout en faisant des exercices pour ses yeux. Elle me fit signe de venir les rejoindre.

— Où étais-tu ? Je te cherchais.

Je leur racontai ce que je venais de vivre avec Claudio, et elles en restèrent bouche bée, tant le peintre demeurait un mystère pour tous depuis son arrivée. Je compris que ce moment partagé avec lui et le fait qu'il ait peint mon portrait étaient un grand privilège.

Millie me lança malicieusement :

— Tu es en train de découvrir que notre maison attire des gens peu ordinaires, c'est ça ? Toutes les personnes qui se trouvent ici ont un truc un peu à part. Bon. Je change de sujet. Pamila et moi nous sommes dits que danser nous ferait le plus grand bien, donc nous avons appelé des amis musiciens. Et ils vont faire un concert pop dans un endroit *crazy* en fin d'après-midi ! Tu te joins à nous ?

Bien sûr que je me joignais à elles ! Il était temps que je profite du Portugal avant de le quitter bientôt.

L'après-midi se déroula tranquillement, entre appels téléphoniques et lecture, ce qui me laissa le loisir de préparer avec soin ma tenue. Il y avait longtemps que je n'avais pas dansé, il était temps d'y remédier. Après moult hésitations, je finis par choisir une robe couleur cerise et le rouge à lèvres assorti, tandis que j'optai pour des chaussures à talons hauts pour la première fois de mon séjour. L'ensemble avait un côté flamenco qui m'amusait beaucoup. Quand je me suis vue dans le miroir avant de partir, je me suis souri. Que cela me faisait tant de bien de me sentir jolie.

Lorsque je rejoignis les autres dans la cour, à côté de la voiture de Henry, celui-ci était déjà là et discutait avec Pamila, Bob et Viggo, un spécialiste des surfaces végétalisées. Pas de peintre ni de pianiste en vue. Pas de James non plus. Millie arriva à son tour. Elle s'était faite belle, elle aussi. Sa robe noire sculptait ses formes rondes et galbées, et ses longs cheveux châtains, lâchés dans le dos, cachaient élégamment un décolleté inversé. Les tatouages en pointillé sur sa gorge semblaient avoir été dessinés pour cette robe. Millie était époustouflante.

Quand Bob annonça que nous étions au complet, elle s'exclama :

— Dommage pour les autres. Ils ne savent pas ce qu'ils perdent. Et dire que James va devoir travailler une bonne partie de la nuit ! J'ai essayé de le convaincre de se joindre à nous, mais il a une réunion en visioconférence avec ses collègues de Birmanie. C'est le seul moment qu'ils ont trouvé où ils soient tous disponibles. Ils doivent évoquer un nouveau gisement de jade, qui va enrichir la collection de références de son laboratoire.

— J'ai hâte qu'il nous résume demain matin ce qu'il aura appris, s'enthousiasma Henry, avant d'enchaîner : C'est parti !

Il monta à fond la musique dans la voiture. Les beats saccadés d'un groupe électro me donnèrent une furieuse envie de me déhancher. La petite amie de Bob, avec qui je n'avais pas eu l'occasion de parler depuis mon arrivée, ne disait rien. Son mutisme me faisait de la peine. Sa relation avec Bob la rendait malheureuse, et sa souffrance se lisait sur son visage.

***

À une vingtaine de kilomètres au sud de Sintra, nous arrivâmes dans un lieu un peu isolé, pas très loin de Cascais, sur une plage de sable fin. Un bar donnait sur l'océan argenté qui réfléchissait le ciel, strié de traînées blanches. Le concert avait commencé et il y avait déjà pas mal de monde. Les musiciens souriaient, le chanteur entonnait son dernier tube, et la foule dansait.

Millie envoya valser ses chaussures à talons et s'y engouffra en me tirant par la main, comme durant nos jeunes années. Je me laissai volontiers faire, tout en me délestant moi aussi de mes chaussures. Passé les premiers instants de gêne, je m'abandonnai avec délice au rythme de la musique. Millie et moi retrouvâmes rapidement une chorégraphie que nous avions inventée, assez déchaînée. Bientôt, une pause s'imposa pour que nous puissions reprendre notre souffle. Et la mer était parfaite pour se rafraîchir. Certains se baignaient, mais nous nous contentâmes d'avancer dans l'eau jusqu'en haut des cuisses, robes relevées. En regardant les nageurs, je me dis que je n'avais pas encore réussi à me mettre en maillot de bain depuis mon arrivée. Millie entoura son bras autour du mien.

— Alors, as-tu aimé Cabo da Roca ?

— James t'a raconté ? Oh, quel moment ! La nuit, c'est extrêmement impressionnant.

— Tu sais, James a beaucoup d'intuition. S'il a éprouvé le besoin de t'emmener là-bas, c'est qu'il avait une bonne raison. Tu peux lui faire confiance. Oh ce morceau, c'est de la pure folie !

Deux secondes plus tard, nous nous noyions de nouveau dans la foule dansante. La phrase de Millie me revint à l'esprit. « Tu sais, James a beaucoup d'intuition. » Si seulement j'en avais eu moi aussi… Je n'en serais pas là aujourd'hui. Divorcée, *workaholic,* et sans enfant…

Un peu plus tard, saoules de musique et de danse, nous sommes allées marcher le long de la plage. Il faisait nuit. Pour la première fois, j'ai raconté à Millie ce qu'avait été ma vie durant mes dix années de mariage. Je lui ai dévoilé tout ce que m'avait fait endurer mon ex-mari, et les peurs qu'il avait gravées en moi. Avec Clément, c'était l'enfer... Il claquait les portes pour un mot mal interprété, hurlait pour un oui ou pour un non, avait des changements d'humeur soudains et extrêmes. Pour un rien, il passait de l'amour le plus tendre à la haine la plus vive. Pendant toutes ces années, j'ai oscillé entre la terreur et la rébellion. Les humiliations étaient permanentes, tout comme les reproches, les insultes ou le mépris... Toujours en privé, bien sûr. À force de me contorsionner pour ne rien laisser paraître, d'être cannibalisée par les montagnes russes émotionnelles, j'avais sombré dans un brouillard et un épuisement épais. J'étais devenue un animal effrayé, sans cesse sur le qui-vive. Mon seul salut, c'était mon travail. Il m'avait sauvé la vie. Je confiai aussi à Millie que, depuis notre divorce, qui fut très difficile, Clément m'avait longtemps démolie auprès de nos amis, suivie dans Paris, ou appelée en pleine nuit. Et dans le même temps, il essayait de me reconquérir en m'envoyant régulièrement des SMS de repentance ou en me faisant livrer des fleurs à mon travail ou à mon nouveau domicile. Il tentait encore et toujours d'exercer son emprise sur moi.

Millie m'écouta attentivement en silence, me serrant doucement contre elle. Le regard perdu dans le vague, elle évoqua à son tour ses amours passées, ratées, ses doutes, et son sentiment de vulnérabilité croissant, que je n'avais pas du tout perçu. Elle revint aussi sur le vol de mes papiers et sur notre dispute. Elle me demanda une nouvelle fois de lui pardonner. Comme seize ans plus tôt, je passai complètement l'éponge. Mon ressentiment cédait devant mon amitié pour elle, intemporelle et totale.

Dans la voiture, sur le chemin du retour, vers 4 heures du matin, je ne dis mot. Mes confidences, conjuguées à la fatigue, faisaient remonter en moi un chagrin qui venait de loin. Je sentais le regard de Millie. Elle veillait sur moi. En arrivant, elle m'accompagna jusqu'à ma chambre et me prit longuement dans ses bras.

— Tu es si belle, et tu ne le sais pas.

Cette nuit-là, je fis un cauchemar. J'étais perdue et j'errais dans une immense forêt de sapins, denses et sombres. Mes vêtements se transformaient progressivement en écorce et m'étouffaient peu à peu. Soudain, Millie fut là. Elle m'arracha à la forêt et me ramena à lumière.

Je me réveillai en sursaut, en nage, et j'eus beaucoup de mal à me rendormir. Ce cauchemar poisseux me collait à la peau.

***

Lettre à mon arbre de Jade

J'ai entendu cette nuit un couple faire l'amour dans la chambre au-dessus de la mienne. Je crois que je ne saurais plus faire. J'ai oublié ces sensations, ce corps à corps sensuel, voluptueux. Cette confiance et cet abandon complet à l'autre.

5.

« Au final, tout ira bien.
Si ça ne va pas, c'est que ce n'est pas la fin. »

Il était temps pour moi de retourner à l'ambassade. Après trois semaines d'attente, j'allais enfin récupérer mes nouveaux papiers qui me permettraient de voyager et de prendre mon vol de retour. Comme Claudio, le peintre, j'avais bénéficié d'une parenthèse extraordinaire durant laquelle, pour la première fois de ma vie, je n'avais pas eu à penser aux préoccupations matérielles. Bien sûr, j'avais participé à des tâches collectives, mais ce n'était pas comparable à ce qui m'attendait : faire tourner mon appartement, mon entreprise, et assurer la vie de tous les jours.

Lundi matin. La femme, à l'accueil de l'ambassade, une grande blonde d'une cinquantaine d'années, aux cheveux lisses comme ses journées sans doute, me toisait de haut en bas. J'avais l'impression qu'elle analysait le ton de ma voix et interprétait tout à la recherche d'une erreur lui permettant de ne pas me remettre mes papiers.

Déjà, j'avais le téléphone vissé à l'oreille gauche pour appeler mon associé. « Philippe, rendez-vous en fin de semaine pour la réunion de service. Je vais m'appuyer sur toi pour tenir les délais. » Je le remerciai vivement d'avoir assuré en mon absence. Nous venions de signer un énorme contrat avec les Pays-Bas, qui nous confiaient la décoration d'un hôtel réputé en plein Amsterdam. Nous devenions européens. C'était un de mes rêves de toujours qui se réalisait. J'allais pouvoir enfin m'éloigner de la capitale et de tout ce qu'elle représentait, changer ma routine, rencontrer de nouvelles personnes avec qui travailler et visiter les pays nordiques.

Mon passeport tout neuf dans la sacoche, que je tenais bien serrée contre moi, je décidai, une fois à la Maison Jaune, de m'installer sur la terrasse du premier étage, pour être à l'air libre, mais tranquille. J'étais résolue à reprendre un rythme de travail soutenu. L'oisiveté avait ses limites, et je n'étais pas devenue une designeuse en quelques jours. Mon imaginaire ne s'était pas déployé au seul son du piano ou grâce à un pinceau, même si, j'en convenais, j'en retirais de grands bienfaits malgré une solide résistance. Une jolie Polonaise, à qui je n'avais pas encore parlé, vint s'asseoir sur l'une des banquettes. Je fus la première à rompre le silence.

— Bonjour. On ne se connaît pas, je crois ? Salomé. Enchantée.

— *Hi*, moi c'est Severyna. Je cherche la salle de coworking. J'ai fait le tour de la maison, mais je ne la trouve pas, répondit-elle avec un charmant accent.

Elle m'apprenait ainsi qu'il y avait une salle de coworking, même si je savais que beaucoup de nomades digitaux rêvaient de venir travailler quelque temps seuls à la Maison Jaune, tout en profitant des joies du surf et de la nature environnante.

Je me sentis soudain une étrangère. Je connaissais si peu ces gens de passage finalement, comme le peintre, qui passaient un moment de leur vie ici. Ceux que j'avais croisés jusque-là semblaient si en phase avec l'époque, si confiants dans leur avenir, doués pour s'adapter à ce monde mouvant et sans promesse. Leur anticonformisme était à la fois fascinant et perturbant. Le monde exigeait des forts, des riches, des jongleurs vifs et habiles, des virtuoses. Je n'avais pas l'impression d'en faire partie, même si j'étais fière du succès de mon entreprise, acquis à la sueur de mon front et grâce à beaucoup d'abnégation et de sacrifices. J'enviais cette aisance dont ils faisaient tous preuve.

Il émanait de cette jeune femme un je-ne-sais-quoi d'irrésistible. La blondeur de ses cheveux, sa coupe à la garçonne, son mini-short troué, ses jambes qui n'en finissaient pas et son croc top coloré lui donnaient une allure très californienne. Il ne manquait plus que la planche de surf ou le paddle pour parfaire ce tableau ensoleillé.

Elle m'invita à la suivre jusqu'à la fameuse salle de coworking et en chemin, partagea avec moi sa philosophie de vie.

— Inspire-toi du surf. Tu prends la vague et tu épouses avec souplesse son mouvement. Si tu vas à contre-courant, il y a de grandes chances que tu tombes !

Tout en marchant, Severyna me demanda de la prendre en photo pour la poster aussitôt sur sa page Facebook. Elle voulait absolument dire à sa communauté qu'elle séjournait à la Maison Jaune, me dit-elle.

Je suivis donc cette nouvelle connaissance si élancée, sans céder à la tentation de lui en vouloir d'être aussi belle et insouciante.

Henry, dans le jardin, nous aiguilla. Nous trouvâmes la fameuse pièce retranchée derrière le bâtiment principal. À l'intérieur, un arrangement optimal assurait la convivialité et le confort des hôtes au sein des 60 mètres carrés : grande table centrale en chêne massif, plusieurs sofas, de quoi brancher un peu partout des installations techniques, des plantes dans chaque recoin… Tout cela sans aucune faute de goût. Et à l'entrée, le matériel pour le surf invitait à des pauses salvatrices. Je fis comme Severyna. Je m'assis devant une table et commençai à pianoter sur mon portable. J'appris qu'elle voulait lancer une ligne de vêtements exclusivement *Made in Europe*. J'avais en face de moi une vraie *working girl*, qui optait pour le travail à distance, au soleil, tout en gérant son emploi du temps de femme libérée de tout complexe.

Je posai la pierre de James à côté de mon écran. Elle ne me quittait plus.

Millie arriva à l'improviste.

— Tu travailles ?

— Oui. Je me dis qu'il est grand temps ! Je dois épauler mon associé, sinon il va craquer. Je faisais connaissance avec Severyna. Et j'ignorais l'existence de cette pièce, que tu m'avais cachée…

Elle reconnut que la maison regorgeait de surprises et que je n'avais pas tout vu. Pourtant, en presque trois semaines, j'avais vécu ici plusieurs expériences singulières, mais, à chaque fois, elles avaient pour cadre la bibliothèque ou le jardin.

— Viens avec moi, je t'emmène déjeuner en ville.

— À Lisbonne ?

— Non. Juste à côté. À Sintra. Des croquettes de morue, ça te dit ?

***

Une heure et demie plus tard, après avoir dévoré les fameuses croquettes, je dégustai des *queijadas* au dessert. Millie me parla du « Glorieux Éden » de Lord Byron. C'est ainsi qu'il nommait la ville de Sintra. Il avait séjourné à deux pas de notre restaurant, dans le *Lawrence Hotel*.

Sur la terrasse de l'établissement, sous un grand parasol qui nous protégeait de la morsure du soleil, nous pouvions parler seule à seule, comme au bon vieux temps. Elle me confia avoir visité plusieurs pays avant de s'installer au Portugal. En l'écoutant me parler de sa vie, je fus emplie de regrets. Si nous ne nous étions pas perdues de vue, j'aurais pu évoluer avec elle, avancer bien plus vite. Elle m'aurait encouragée et conseillée, comme elle savait si bien le faire. Peut-être aurais-je évité bien des erreurs liées à mon mariage ou à l'absence de maternité. Pourquoi ne m'avait-elle pas contacté plus tôt ? Pourquoi ? Cette question tournait en boucle dans ma tête, tandis que Millie avalait la dernière cuillère de son dessert avec gourmandise. Elle semblait tant aimer la vie sous toutes ses formes qu'il n'était pas surprenant qu'elle en soit aimée en retour. Du moins en apparence. Même si tout semblait lui réussir, j'avais le sentiment diffus que quelque chose ne collait pas.

Soudain, les mots tombèrent comme un couperet :

— La Maison Jaune va disparaître.

Je restai interloquée. Effarée.

Millie poursuivit :

— Je crois que je n'ai pas encore bien réalisé.

— Mais... Comment dire... Je suis si désolée... Cette maison attire du monde ! Je l'ai réalisé encore plus tout à l'heure, avec la jeune Polonaise.

— C'est vrai. C'est le fruit de notre communication pour nous construire une bonne image. Mais depuis plusieurs mois, je suis plongée dans les comptes, et nous sommes loin d'être à l'équilibre. Il y a cinq ans, lorsque nous avons acheté la maison en partie grâce à l'héritage de nos parents, nous avons beaucoup dépensé en rénovation. Nous venions de débarquer au Portugal, James et moi, et nous ne connaissions presque personne. Pacôme nous a facilité les choses, mais malgré tout, nous nous sommes fait avoir sur de nombreux points. Le maître d'œuvre de l'époque, un vrai bandit, a mal travaillé. J'ai dû m'en remettre à d'autres artisans, si bien que nous avons trop puisé dans nos réserves au fil des mois. Nous sommes à sec. Je ne peux plus rembourser le crédit. Les activités que nous lançons ne rapportent pas assez d'argent. Nous avons mis toute notre énergie pour créer le lieu dont nous avions rêvé, James et moi. Les habitants de Sintra ne nous regardent plus avec méfiance et nous ont enfin acceptés. Et voilà que tout s'écoule sous mes yeux. Je me sens si impuissante… Je dois bien me résigner à vendre les maisons et le terrain.

Je lançai la première idée qui me vint en tête :

— Alors il faut mobiliser toute la ville ! Si vous vous ouvrez à la population locale, les pouvoirs publics pourront vous aider, non ? Ils ont tout intérêt à soutenir des lieux ouverts comme la Maison Jaune, tu ne crois pas ?

Millie poursuivit, comme si elle ne m'avait pas entendu :

— Entreprendre, créer, c'est jubilatoire, et on ne cesse d'en vanter les mérites, mais à quel prix ? Tout le reste passe au second plan. J'ai 40 ans, et tout ce que j'ai bâti va s'effondrer sous mes yeux. Je suis en train de perdre tout ce qui fait ma vie.

— Attends ! répliquai-je. Avant de baisser les bras et d'imaginer le pire, nous devons tout envisager.

Je m'exprimais comme si j'étais partie prenante de longue date. En m'entendant, je m'étonnai de m'être tant attachée à la Maison Jaune. Il était hors de question qu'elle disparût. J'appris aussi que James s'obstinait, de son côté, à faire l'autruche. Millie, ne voulant pas l'assommer avec ce sujet, portait donc seule ce fardeau.

— Maintenant, j'ai besoin de me changer les idées, *honey*. Merci de m'avoir écoutée. Ce n'était pas évident d'en parler. Mais comme tu n'es pas concernée, tu es la seule à qui je peux en parler librement.

C'est vrai, je n'étais là que de passage. La réalité me rattrapait. Je m'octroyais des vacances prolongées, mais mon travail m'attendait à Paris, tout comme mes collègues et mes rares amis. C'était ça, ma vraie vie. Bien malgré elle, Millie me le rappelait de façon cinglante.

— Es-tu prête à visiter un endroit inhabituel ? me demanda-t-elle, voulant de toute évidence s'alléger l'esprit.

Je ravalai ma déception devant le constat que je venais de faire, et acceptai sa proposition. Nous nous dirigeâmes vers le centre historique de Sintra, avant de rejoindre la Quinta da Regaleira, le « Palais de la Regaleira ».

En deux temps, trois mouvements, nous avions changé de sujet. Millie, toute à la joie de me faire découvrir cet endroit, ne laissait plus rien paraître de notre discussion. Je compris mieux alors cette inquiétude silencieuse que j'avais perçue à plusieurs reprises chez elle, sans savoir à quoi l'attribuer. Indéchiffrable, peut-être cachait-elle encore d'autres vérités ?

La propriété, restaurée du début du XXe siècle, bien moins célèbre que le palais coloré da Pena qui surplombait la ville, me tira de mes réflexions. Millie m'en parla avec passion, tout en me guidant dans un parc empreint d'énigmes. La porte principale franchie, l'allée était calme en ce début d'après-midi. Les premiers bâtiments que j'aperçus étaient dissimulés au milieu d'un jardin botanique planté d'essences exotiques.

— Tu as devant toi l'œuvre d'un milliardaire, Antonio Augusto Carvalho Monteiro, qui en avait fait sa résidence d'été. Construite dans un style néo-manuélin, on dit qu'ici avaient lieu des rites initiatiques. Regarde, parmi les nombreux animaux sculptés, beaucoup symbolisent la lenteur, car cette lenteur est nécessaire pour apprendre et avancer de façon juste. C'est d'ailleurs ce que m'enseigne jour après jour la Maison Jaune. Pierre après pierre.

Tout en parlant, nous déambulions dans les chemins bordés de sculptures et de fleurs luxuriantes. Il faisait lourd, et le ciel chargé était d'un gris couleur béton. Je m'attendais à une grosse pluie d'une minute à l'autre, ce qui aurait fait le plus grand bien à la végétation asséchée en ce milieu d'été.

Millie m'entraîna vers l'entrée d'une sorte de caverne très sombre, et me fit signe de passer en premier. On n'y voyait rien. Je tâtonnai sur plusieurs mètres, tête baissée, puis j'eus le réflexe d'allumer la torche de mon smartphone, ce qui me permit de me faire une idée de la profondeur de la galerie. Millie me suivait. Arrivées au bout du tunnel, je compris, à l'incandescence du regard de mon amie, que nous étions dans un endroit sacré.

— C'est la Tour inversée, un endroit incroyable ! Nous allons descendre l'escalier maintenant, mais je préfère te lire avant ce que dit le guide.

Elle sortit de son sac un petit guide usagé, que j'éclairai avec mon smartphone.

« Vingt-sept mètres plus bas, un puits et les labyrinthes sur lesquels il débouche conduisent l'initié des ténèbres vers la lumière. C'est une véritable renaissance qui s'offre ainsi à lui, la terre symbolisant à la fois l'utérus maternel et la dernière sépulture[2]. » Parfait pour renaître !

Ce qu'elle m'expliquait était aussi obscur qu'effrayant. Et plus nous descendions les nombreuses marches, plus l'air devenait suffocant et humide. Enfin, nous arrivâmes en bas. Le fond du puits était encerclé de souterrains.

— Nous voilà au cœur de la quête intérieure, et à la croisée des chemins de l'existence, me dit Millie d'une voix solennelle. Cela nécessite de faire des choix sans en connaître la finalité. Écoute ce que dit le guide : « *Il existe de bons choix, qui permettent de sortir du labyrinthe par la bonne sortie, et des mauvais, qui égarent les initiés malchanceux.* » Tu vois, la symbolique se niche absolument partout ici.

Je n'avançais plus. Je n'écoutais plus. J'étouffais, je haletais comme un animal assoiffé. Ne perdant pas une seconde,

2 - Source : unsacsurledos.com/lenigme-de-sintra-quinta-da-regaleira.

Millie me fit allonger par terre pour ressentir la fraîcheur du sol. J'étais loin. Je sentais mes yeux danser dans leurs orbites. Je voyais des lumières scintiller. J'entendais faiblement Millie appeler à l'aide. Je n'avais plus aucune notion du temps. Tout m'était égal.

Quand je rouvris les yeux, un couple de visiteurs était penché sur moi. Millie pleurait. Je voulus aussitôt rassurer tout le monde. Je me relevai et fis plusieurs pas pour leur prouver que j'avais retrouvé mon état normal. Le couple mit finalement mon malaise sur le compte de l'air étouffant qui stagnait au fond du puits, et les deux amoureux disparurent dans l'un des souterrains. Nous fîmes de même et, après un nouveau passage par une obscurité quasi complète, nous ressortîmes enfin. La lumière du jour m'éblouit, et je dus me masquer les yeux le temps de m'y réhabituer.

Mon malaise avait inquiété Millie, mais elle me conseilla de ne pas essayer de comprendre cet incident. Elle m'expliqua que la Tour inversée provoquait des réactions parfois étonnantes chez certaines personnes prêtes à vivre un nouveau cycle de leur existence.

— Ce n'est pas un hasard si je t'ai emmenée ici après ta virée nocturne à Cabo da Roca avec James. Mais j'avoue que je ne m'attendais pas à ce que tu réagisses aussi fortement.

« Ah oui ? Vraiment ? » pensai-je intérieurement.

Étrangement, à ce moment-là, je visualisai l'homme que j'avais rencontré pour la première fois bien des années plus tôt. À l'occasion de la Fête du Cinéma, une salle d'art et d'essai retransmettait *Le Parrain* I, II et III. J'aimais enchaîner les films jusqu'au milieu de la nuit. Mon siège se trouvait à côté de celui de Clément. Passionné par ce film, il l'avait déjà vu plus de cinq fois. Deux ans après, nous étions mariés, et Clément avait emménagé chez moi, avenue Daumesnil. Ce mariage m'avait volé ma rage de vivre en même temps que mes rêves. Certaines personnes se révèlent en couple. Moi, ce fut l'inverse. Cette union m'avait éteinte, et piégée dans un quotidien sans fin, entrecoupé de cris et de larmes. L'enfer me serrait la main chaque fois que je retrouvais Clément après le travail, dans notre appartement. Il voulait que je lui montre tout : mes appels de la journée, mes mails, mon agenda... De son point de vue, tout était suspect, et il m'imputait son grand mal-être. Coincée, je n'arrivais pas ni fuir, ni à en parler. Mon cercle d'amis proches appréciait beaucoup Clément, car c'était en apparence l'homme parfait. Personne n'aurait pu croire que, seul avec moi, il se transformait en son contraire, même s'il ne levait jamais la main sur moi. Il était d'une violence bien plus sournoise.

En quittant la Tour inversée, j'éprouvais un étonnant sentiment de délivrance.

Millie, visiblement inspirée par ce que nous venions de visiter et par ma réaction, poursuivit son monologue, comme si elle se parlait à elle-même.

— Tu vois, j'étais une femme bien trop singulière pour m'adapter à la société. J'ai donc créé un univers à moi, selon mes propres critères. Mais en creux, ce que l'on ne voit pas, ce sont les renoncements que cela implique. Vivre différemment, ce n'est pas facile. Des années sont nécessaires pour édifier de toutes pièces ton projet, convaincre des personnes de te suivre, et ne plus vaciller quand tu doutes. Pour garder cette foi inébranlable, qui fait toute la différence si tu veux aller jusqu'au bout de tes rêves. Tu connais ça, hein ? Et dans les moments *de tremblement*, je suis venue ici, dans ce palais, pour trouver des réponses et ne pas renoncer. À chaque fois, je ressortais du parc avec de nouvelles idées en tête. Aujourd'hui, c'est toi qui as bénéficié de l'énergie des lieux. Cela t'a purifiée, j'ai l'impression.

— On peut dire ça... J'imagine bien qu'acheter la Maison Jaune et faire en sorte qu'elle devienne un socle et un repère n'a pas été simple. Mais regarde tout ce que tu as construit depuis que tu es arrivée ici. C'est époustouflant !

Millie, tu m'impressionnes. Je n'avais pas encore eu l'occasion de te le dire.

— Je n'ai rien d'impressionnant, crois-moi. Je pense qu'un jour, tu verras sûrement les choses autrement. Tu sais, chacun mène une rude bataille contre lui-même. Moi aussi, j'ai une part d'ombre, mais j'ai eu la chance de la transcender en faisant ma vie à Sintra. Cette maison, James et moi l'avons achetée avec l'argent hérité de nos parents. L'échec que je constate est insoutenable. Si James et moi devons nous résigner à la vendre, la mort de mes parents n'aura servi à rien. Tu m'entends ? À rien !

Les yeux de Millie se voilèrent, et je réalisai combien la perte de la Maison Jaune serait une double peine pour elle. Pour la première fois depuis nos retrouvailles, elle me parlait de sa famille. J'avais croisé son père, pianiste, quand nous habitions toutes les deux à Paris. Il participait à un concert donné pour l'UNESCO. Millie me l'avait présenté dans sa loge. Un homme aussi volubile qu'elle, enthousiaste, et les yeux rieurs. J'avais complètement oublié cette soirée délicieuse, qui s'était terminée dans un restaurant avec d'autres musiciens de l'orchestre.

— Qu'est-il arrivé exactement à tes parents ? Ce que tu m'as dit est si… Je ne trouve pas les mots…

— Il devait jouer pour une ONG au Rwanda. Il adorait donner des concerts *all around the world*, et particulièrement pour soutenir les causes qui lui étaient chères. James tient son goût des voyages de notre père, sans aucun doute. Il nous a tellement emmenés, ma mère et nous, un peu partout. Cette fois-là, il a demandé à ma mère de l'accompagner. Il voulait en profiter pour rendre visite à des amis en Afrique. Ils ont pris un petit avion. Le temps était mauvais, le pilote inexpérimenté, et il y avait de très fortes bourrasques. Je te laisse deviner la fin… James ne s'en est jamais remis. Les pierres précieuses sont un refuge, mais il n'est pas suffisant, loin de là. Le piano, dans la bibliothèque, est celui de notre père. Pacôme le fait revivre à chaque fois qu'il en joue, en plus d'harmoniser l'âme de la personne qu'il choisit d'accompagner. Ça paraît complètement *crazy*, cette harmonisation, mais c'est la vérité.

— Je commence à comprendre ce qui s'est passé en moi quand il s'est mis à jouer...

— Pacôme ressent l'âme des gens, des lieux, et il les met en musique. Il fait ça depuis que je suis toute petite. Mon père l'admirait beaucoup. Il l'encourageait à en faire une carrière, mais Pacôme est bien trop modeste pour faire de la publicité autour de ce don. Il a fui le milieu confiné des concerts, et s'est installé pas très loin de Sintra. Dès que j'ai vu la Maison Jaune, je lui ai demandé de venir, il m'a fredonné sa partition, et je n'ai plus jamais voulu vivre ailleurs. Et Pacôme s'est installé avec nous. Sans *my beloved house*, où vivre et exprimer tout ce que je suis, entourée de ceux que j'aime ? J'espérais ne serait-ce qu'un début de réponse en revenant dans cette Tour avec toi. Mais pour la première fois, je n'ai pas d'intuition, rien ne me vient.

Effectivement, l'heure était grave. Et j'en apprenais davantage en une seule journée qu'en trois semaines. Je ne pouvais plus partir le cœur aussi léger que je l'aurais souhaité. J'allais laisser derrière moi bien plus que des amitiés. C'était l'avenir de nombreuses personnes qui était en jeu. Un sentiment de culpabilité m'envahit. Mais le devoir m'attendait malgré tout, chez moi, en France. Je devais rester concentrée, avec des objectifs précis en tête. De retour à Paris, je pourrai envoyer de l'argent, appeler Millie régulièrement, la conseiller éventuellement. Elle était bien entourée et armée pour faire front, je n'en doutais pas.

***

En rentrant, James m'interpella. Mais j'avais envie d'être seule pour méditer sur tout ce que je venais d'apprendre. La façon dont étaient décédés ses parents. La Maison Jaune en danger. Les épreuves qui se présentaient à chacun d'entre nous pour nous terrasser, ou nous faire grandir.

Moi-même, j'avais cru mourir face à Clément. J'avais malgré tout réussi à fuir, je me demandais encore comment. J'avais envoyé un texto à Philippe : « *Je suis en danger. Clément est incontrôlable. Je suis enfermée dans les toilettes.* » Philippe avait tardé à répondre. Derrière la porte, Clément, ivre, hurlait : « Tu es une traînée ! Je suis sûre que tu vas voir ailleurs ! Je vais te baiser et te jeter, sale pute ! »

Valérie, une voisine devenue une amie, alertée par les bruits, avait sonné. Devant l'accueil qui lui avait été réservé, elle avait appelé le concierge. Philippe avait débarqué. Entre-temps, Clément s'était calmé et avait voulu rassurer tout le monde. Il s'était emporté et il s'en voulait à présent. Grâce à la présence de Philippe, de Valérie et du concierge dans mon salon, je m'étais sentie pour la première fois protégée. J'avais alors annoncé d'une voix très faible que je partais. Je devais être livide. Ils s'étaient positionnés de telle sorte que je puisse sortir de la pièce en sécurité. J'avais pris quelques affaires sous les yeux de cet homme au visage bouffi que je ne voulais plus jamais revoir. Il s'était opposé à mon départ, mais Philippe avait fait barrage, et j'avais pu partir sans autre éclat de voix.

Ce soir-là, je dormis chez lui. Son foyer m'avait écoutée et réconfortée. Le lendemain, je prévins mes parents et un maximum de proches de ma décision. Beaucoup furent abasourdis par la nouvelle, mais peinaient à comprendre ce que j'avais vécu puisque je n'avais jamais reçu de coups physiques. Mon frère aussi était venu à mon secours.

Je n'étais plus jamais revenue chez moi en présence de Clément, qui portait si mal son nom. Il pensait que je ne serais pas capable de le quitter, mais sa main mise sur moi était terminée. L'avocat que j'avais choisi, et qui m'avait coûté une fortune, avait fait le nécessaire. Il avait habilement contourné les multiples difficultés causées par Clément, et le divorce avait été enfin prononcé.

Mais comme je ne parvenais plus à vivre dans cet appartement où j'avais tant souffert, j'avais emménagé deux étages en dessous, sur le même palier que Valérie, ma sauveuse. J'étais très attachée à mon immeuble et à mon quartier, j'y avais mes habitudes et mes repères, et je refusais que Clément me les vole également.

Puis je m'étais plongée corps et âme dans mon travail. Soulagée. Mais en miettes.

— Veux-tu voir la dernière pierre que je vais mettre dans la vitrine ? me lança James avec désinvolture.

Je n'eus pas la force de refuser son invitation, après ce que je venais d'apprendre sur son passé. Et parler de pierres était sûrement une bonne idée. Rien de tel pour me ramener à l'essentiel, à la roche et à la terre.

Il m'entraîna sur la terrasse du haut pour me faire découvrir le dernier échantillon qu'il avait rapporté de San Benito, en Californie. J'enchaînais les questions, puisque c'était l'occasion d'en savoir plus sur son métier de gemmologue et qu'il semblait disposé à discuter.

Une fois installé dans un fauteuil en osier, il sortit un mouchoir de sa poche et l'ouvrit délicatement. Il renfermait une gemme.

— C'est une bénitoïte. Elle est si rare qu'on l'utilise très peu en joaillerie. C'est clairement une pierre de collectionneur. Sa couleur bleu saphir peut être d'une transparence et d'un éclat exceptionnels. L'une de ses caractéristiques les plus surprenantes apparaît lorsqu'elle est exposée aux rayons ultraviolets. Elle devient alors d'une couleur bleu blanche fluorescente surréaliste.

— Quelle merveille ! m'exclamai-je, devant l'attrait hypnotique de la pierre.

Il me proposa de la prendre. Je m'exécutai sans plus attendre, et lui tendis une main peu assurée.

— Cette gemme a longtemps été prise pour un saphir. Puis au début du XXe siècle, en Californie, un géologue établit que c'était un minerai bien distinct, qu'il appela « bénitoïte », car son gisement était proche du fleuve San Benito. Regarde, elle peut changer de couleur en fonction de l'angle.

— Je ne sais pas quoi dire. Tiens, c'est étrange. Mon cœur ralentit.

James parut satisfait de ma réaction.

Bientôt, notre tête-à-tête dut prendre fin, même si j'aurais aimé poursuivre cet échange improvisé. Comme à chaque fois avec lui, c'était intense, mais fugace. Des personnes nous rejoignaient pour le verre de fin de soirée. Je pus m'éclipser en prétextant vouloir me reposer. En fait, il était temps que j'écrive dans mon carnet tout ce que m'inspirait ce jour fort inhabituel.

***

Lettre à mon arbre de Jade

Je repense au Cap, qui surplombe les eaux caressantes en contrebas, face au soleil qui nous consume. À la plage de Cascais, si calme comparée à celle de Guincho. Aux pierres, que je ne vois plus comme avant. Maintenant, les gemmes sont à mes yeux bien plus que des raisons de faire des bijoux. Leur gamme de couleurs est en miroir de celles que je découvre au Portugal.

Rouge. Orange. Jaune. Vert. Bleu. Indigo. Violet.

Do. Ré. Mi. Fa. Sol. La. Si.

Je commence à m'attacher à cette terre au caractère bien trempé, mais si accueillante. Ici, je m'éloigne de cette femme que j'étais, avec son air sérieux, ses cheveux domptés, son agenda surchargé, et sa volonté d'arriver toujours en avance aux rendez-vous. Je ne veux plus garder de distance avec les autres. Cacher ma peau. Travailler sans voir le jour. Manger des salades sous vide. Négliger le temps qui passe. Vivre dans une ville terne et monochrome. Pleurer sans raison.

PARTIE 2

L'INCENDIE

6.

« Lorsque vous faites quelque chose de noble et de beau et que personne ne le remarque, ne soyez pas triste. Chaque matin, le soleil est un spectacle magnifique et pourtant, les spectateurs dorment encore. »

L'heure avait sonné. C'était la fin de mes trois semaines de vacances forcées. Mais avant que James ne reparte en Afghanistan pour visiter une mine d'émeraudes et y recueillir des échantillons, nous avions réussi, avec Millie, à le coincer sur la terrasse. Il fallut une longue discussion pour qu'il ne se voilât plus la face. Il ne pouvait plus fuir à présent devant la gravité de la situation.

L'autre difficulté fut d'informer la communauté de la situation. Cette épreuve était un crève-cœur pour la sœur et le frère, qui la vivaient comme une trahison envers ceux qui leur avaient fait confiance depuis le début. Dès le lendemain, James réunit donc pour le dîner l'ensemble des personnes présentes pour leur faire part de la triste nouvelle. La

Maison Jaune tanguait fortement. De son côté, Millie s'était entretenue la veille avec Henry pour lui demander de leur apporter ses compétences financières. Il avait tout de suite accepté de se replonger dans les chiffres, cette fois pour une bonne cause, et commença par simplifier un tableau que Millie voulait présenter.

Bob, le développeur, et tous les autres restèrent abasourdis devant la dure réalité. Millie, pour clarifier les choses, projeta sur un grand écran un schéma où figuraient toutes les solutions que nous avions envisagées. Notre assemblée aurait pu facilement tomber dans l'abattement, mais il n'en fut rien. Millie avait repris du poil de la bête. Je pense qu'elle était soulagée de m'avoir parlé et d'avoir eu gain de cause auprès de James. La rage de se relever reprenait le dessus. Son exposé était bien ficelé et convaincant. Nous n'avions en réalité qu'une seule option : trouver des mécènes. Millie avait dressé la liste de tous ceux qu'elle avait identifiés. Elle avait aussi exposé le bilan : la maison n'était pas dans l'état souhaité et les travaux réalisés au moment de l'achat n'étaient pas pérennes, mais elle jouissait en revanche d'une excellente réputation. Pour séduire des investisseurs, il fallait les faire rêver, aller plus loin dans notre vision d'un endroit fédérateur, tourné vers d'autres modes de vie, de consommation, et monter en gamme grâce à l'art et à l'innovation durable. Nous pouvions nous appuyer sur la force de notre situation géographique, non loin de Lisbonne, proche de l'océan et de Cabo da Roca.

L'expérimentation musicale pour les fruits et les légumes dans le jardin commençait à être connue. Deux ou trois journalistes avaient déjà contacté Millie pour obtenir une interview à ce propos. L'un d'entre eux avait même émis le souhait de faire un portrait de Pacôme dans la presse locale. Jusqu'à maintenant, Millie avait refusé d'aller sur le terrain des médias. Il lui fallait sans doute revoir cette position pour mettre la Maison Jaune un peu plus dans la lumière.

J'insistais particulièrement sur cet aspect, et Adriano abondait dans mon sens. Ce n'était naturel ni pour Millie ni pour James, et encore moins pour Pacôme, plus doué pour s'exprimer par la musique que par les mots. Mais ils savaient qu'ils n'avaient plus le choix. Pacôme devait, lui aussi, jouer le jeu. Toutefois, il avait été catégorique quand James lui en avait parlé : il était hors de question qu'il monnaye son talent, sinon la magie ne pourrait plus jamais opérer.

J'avais joué, pour ma part, un petit rôle en trouvant les mots justes. J'avais réussi à convaincre l'assemblée grâce aux « mantras » que j'utilisais avec mes équipes : « *Nous formons une seule et même grande famille.* » « *La question est de savoir si nous sommes prêts à penser différemment.* » « *Nous devons franchir un seuil.* » « *L'impact d'un battement d'ailes de papillon est immense. Devenons des papillons.* » C'est, je crois, plus particulièrement ces dernières phrases qui leur redonnèrent confiance.

Le tour d'horizon était fait. L'équipe de choc était prête. Le temps était donc venu pour moi de tirer ma révérence et de rentrer chez moi, dans le petit appartement non loin de Montparnasse où j'avais emménagé deux ans auparavant. De retrouver Philippe et mes autres collègues. Valérie, mon ancienne voisine et ma sauveuse. Bref, mes habitudes.

J'avais réservé mon vol pour 11 h 20 au départ de Lisbonne, vingt-deux jours exactement après mon arrivée au Portugal. La veille, Millie m'avait ramenée à Cabo da Roca, mais cette fois en pleine journée, pour que je reprenne des forces avant mon départ. Là, devant cette mer turquoise et ces falaises grandioses, nous nous enlaçâmes comme si nous n'allions jamais nous retrouver. Les éléments entremêlaient avec vigueur nos cheveux devenus fous.

Après avoir salué chaque membre de la Maison Jaune — sauf James, déjà parti en Afghanistan —, Millie me conduisit à l'aéroport en empruntant la même route qu'à l'aller, le long de la mer, puis du Tage. L'idée de reprendre ma vie parisienne me nouait insidieusement le ventre. Une fois arrivées, je lui demandai de me déposer sans descendre de voiture, car s'il y avait une chose que je détestais, c'étaient bien les adieux déchirants. Elle acquiesça. Je sortis de la voiture, et plongeai mon regard dans le sien en guise d'au revoir. Nous nous étions dit l'essentiel. Je repartais différente de celle que j'étais en arrivant. J'emportai dans ma valise mon portrait peint, soigneusement emballé, preuve que je n'avais pas rêvé cette heure passée avec Claudio.

Mais je sentais déjà la nostalgie danser en moi, chose bien inhabituelle pour la fille tournée vers le futur et les projets que j'étais. « Ne jamais se retourner, se relever et foncer », voilà la phrase qui m'avait permis de ressortir grandie de mon mariage avec Clément, qui m'avait laminée. Une forme de dureté m'avait alors envahie, et j'avais verrouillé la tendresse, la douceur et l'abandon. Pacôme et son piano avaient adouci ma mélodie intérieure. J'étais en chemin pour découvrir qui j'étais réellement, au-delà de la femme pressée, structurée, débordée.

***

Une fois à l'aéroport, je mis à profit l'attente avant l'embarquement pour manger une dernière *pastel de nata* et faire des emplettes au duty free-shop. Mais quand je humai le parfum que je portais depuis plusieurs années, je détournai la tête tant il m'agressait. Je reposai le flacon test et renouvelai l'expérience avec un autre grand parfum. Là encore, l'odeur fut presque insupportable. Mon odorat ne réagissait plus aux effluves comme avant. J'en fus déstabilisée et m'inquiétai pour ma santé. Pour me rassurer, je sentis tout ce qui me passait entre les mains : l'odeur d'un rouge à lèvres, d'une Terracota, d'un parfum pour homme... À chaque fois, l'expérience fut désagréable.

Pour ne pas en faire une fixation, je m'assis dans un fauteuil en attendant l'embarquement. James, pour s'excuser de son absence le jour de mon départ et me remercier d'avoir remotivé sa sœur, m'avait offert un exemplaire de son livre préféré, *Le Monde d'hier* de Stefan Zweig. « Pour mieux comprendre le monde d'aujourd'hui », m'avait-il dit en me remettant ce cadeau.

J'ouvris la première page du livre et découvris une dédicace : « *Tu as enrichi la Maison Jaune par ta présence, comme tous ceux qui viennent à elle. Les hasards n'existent pas. Reviens quand tu veux. Le lion te sourit.* » Mon petit rituel avait donc été démasqué, moi qui avais cru être discrète. Mais à bien y réfléchir, je préférais ce toc au précédent, qui consistait à regarder compulsivement mes mails toutes les deux minutes...

***

Paris, ses particules fines, son odeur de carburant, les gens pressés, stressés, le métro, la misère dans certaines rues... Des clochards sur des cartons à même le sol dans l'indifférence générale, dans les rues d'un pays riche. Tout mon environnement me sautait à la figure. Ce qui ne me choquait pas un mois plus tôt m'apparaissait d'une véritable violence aujourd'hui.

Après avoir marché au milieu d'une forêt d'immeubles, je m'engouffrai dans le métro pour rejoindre la tour Montparnasse tout en lisant un long SMS de Philippe. Lorsque je relevai la tête, le spectacle me sidéra. La foule, celle des heures de pointe, formait une masse dense, compacte, où une multitude d'hommes et de femmes machines avançaient de façon mécanique, les yeux rivés sur l'écran de leur téléphone — déshumanisés par cette technologie qui comble les temps morts et conjure la solitude. Personne ne se parlait directement, et moi, j'étais là, devant d'eux, comme eux.

J'imprimai cette image en moi tout en poussant la porte de mes bureaux, situés en haut de la tour Montparnasse. L'accueil chaleureux et enthousiaste de la secrétaire me sortit de mes réflexions. C'était mieux ainsi. Pour retourner à la vie « normale », il était préférable de ne pas prendre trop de recul. D'enfiler son tailleur, de se lisser les cheveux, de se maquiller à nouveau, comme si c'était normal. Absolument normal. Pour gagner sa vie, s'acheter une maison à la campagne, et partir deux semaines l'été en vacances à la mer. Sinon, c'était à ses risques et périls.

Philippe prit de mes nouvelles sans s'attarder, avant de se diriger vers la salle de réunion. Lui aussi était un homme pressé. Il n'avait pas de temps à perdre. Les clients étaient exigeants, sa femme aussi, et ses enfants en bas âge accaparants. La compétition était la règle, même quand tout craque autour de soi ou en soi. Il fallait faire vite, ramener son salaire à la fin du mois, être sur tous les fronts et peut-être, à trop vouloir bien faire, finir par se disputer, fuir ou divorcer. Avant mon départ, Philippe m'avait confié être sur le fil dans sa vie privée. Je perçus tout de suite que cela ne s'était pas arrangé. Et il était très pâle, les yeux cernés, parlait trop vite, respirait mal… Tout m'apparut si clairement, soudain. Je compris que je ressentais davantage la souffrance des autres… J'aurais dû m'en réjouir, puisque c'était ce que j'avais souhaité, mais ma distance d'avant était bien plus confortable. Ma perception s'était aiguisée, et j'ouvrais les yeux sur un spectacle dont j'avais le sentiment de ne plus faire partie. Mais où étais-je, alors ?

Philippe, d'un air sérieux, concentré, ouvrit la réunion en me rappelant les dossiers en cours, dont le plus gros : la décoration d'un hôtel de luxe à Amsterdam. Nous avions mis des mois à parfaire le projet, qui répondait à un appel d'offres. Nos chances de remporter la mise avaient été minimes. Et pourtant, contre toute attente, notre proposition l'avait emporté. Si tout se déroulait bien, ce serait l'une de mes plus belles réussites professionnelles, et j'allais presque pouvoir doubler mon salaire. Philippe aussi. Sa femme pourrait peut-être rester avec lui, réserver un Club Méd pour leurs prochaines vacances, pour que les enfants puissent s'amuser et que le couple, autour de cocktails partagés au bord d'une piscine, puisse envisager de tout recommencer. Je lisais cet espoir dans ses yeux d'homme blessé, de père assailli par la culpabilité.

À l'heure du déjeuner, je préférai rester seule à mon bureau et prétextai vouloir rattraper mon retard. En fait, je voulais retrouver le calme des lieux, mon pot de crayons banal, mon petit arbre, et mon cher carnet.

***

Lettre à mon arbre de Jade

En quittant mon appartement ce matin pour aller au bureau, je n'ai vu que du jaune. Sur les affiches publicitaires, sur les enseignes, sur les voitures. Du jaune. À la poste, du jaune. Dans un restaurant, des chaises jaunes. Serait-ce la Maison Jaune qui m'appelle ?

***

Ma peau bronzée et dorée me rappelait mes trois semaines au Portugal. Pour ne pas oublier avec le temps, je décidai de tout consigner. La gueule du lion sur la porte d'entrée, la balade dans le quartier de l'Alfama avec Henry et Adriano, Cabo da Roca la nuit avec James, le Palais de la Regaleira avec Millie, le concert sur la plage, le tableau de Claudio… La liste était si longue. Manger du *ceviche*, discuter avec Pamila, arroser le potager… Tant de choses qui appartenaient à un monde dans lequel je ne me trouvais plus. Moi, j'étais dans une autre dimension, en mode bureau, machine, mailings. Le corps en forme d'équerre à force d'être assise devant un écran.

Il me fallut presque une semaine pour me réadapter, dompter mon corps et mon esprit, retrouver un rythme similaire à celui que j'avais avant mes vacances. Au début, je fonctionnais au ralenti, perdue dans mes pensées, avec pour seul désir d'écrire, et je peinais à être efficace au travail. J'essayais de faire bonne figure, d'être aux côtés de Philippe, engagée, entière, passionnée. Mais mon côté masculin, yang, s'était dissipé ou désagrégé, et je tentais en vain de le raviver pour lui redonner sa place prépondérante.

Le soir, j'écoutais une musique que Pacôme m'avait enregistrée, une de ses improvisations au piano. Le morceau, plutôt que de me rendre nostalgique, avait tendance à m'emplir d'une énergie sereine, si bien que je le mettais en boucle, et il m'accompagnait quand je faisais la vaisselle, me lavais les dents, ou bouquinais jusqu'à m'endormir. Les cauchemars s'éloignaient et, après toutes ces années de sommeil saccadé, haché, mes nuits devenaient pleines de promesses.

Très vite après mon départ, Millie m'a longuement écrit pour me raconter comment elle s'en sortait face aux nouveaux enjeux. Henry, de son côté, me contacta souvent en visio pour me dire à quel point Adriano était l'homme idéal. Il était fou d'amour, s'emballait, et le voir aussi heureux m'emplissait de joie. À deux reprises, James était apparu furtivement à ses côtés, entre deux voyages. J'aurais aimé lui parler directement, mais je l'avais senti si mal à l'aise avec ce mode de communication virtuelle que je n'avais pas insisté. Il participait pourtant régulièrement à des visioconférences avec ses collègues. Le saphir qu'il m'avait offert à Cabo da Roca était toujours dans ma poche. Je le prenais régulièrement dans les mains et le caressais avec délicatesse.

Le mois d'août s'étirait, interminable. Je venais de changer de numéro de téléphone et faisais les dernières mises à jour sur mon nouveau portable. J'espérais ainsi ne plus jamais avoir de nouvelles de Clément.

Un soir, je me surpris à tourner comme une âme en peine dans le petit appartement où je vivais depuis deux ans. Situé à deux stations de métro de mon bureau, il m'avait permis de me consacrer corps et âme à mon entreprise. Je l'avais très peu meublé, car je n'avais pas eu le temps de m'investir dans la décoration. Les cordonniers sont bien les plus mal chaussés. Seule touche de couleur dans le salon : le tableau de Claudio, accroché au-dessus d'un buffet ordinaire. Mes paroles s'étaient transformées sous son pinceau en ondes colorées qui m'emplissaient de joie à chaque fois que je le regardais.

Je fis un tour sur les réseaux sociaux et jetai un œil à la page Facebook de la Maison Jaune. Depuis plusieurs jours, aucune nouvelle publication. Je supposai un manque de temps de la part de Millie, que je n'avais pas eu au téléphone récemment. Elle était sûrement accaparée par les enjeux auxquels elle devait faire face.

Mon ancien toc revenait au grand galop. Je revérifiais ma boîte mail plus de deux cents fois par jour. Les addictions sont vraiment sournoises et résistantes. Ce soir-là, je réalisai que j'étais si rivée sur mes messages professionnels que j'en avais oublié de vérifier mon compte Whatsapp. Je tentais de limiter les canaux de communication, mais en pure perte, si bien que je passais régulièrement à côté de certains messages. Et là, surprise ! Millie m'avait écrit trois jours plus tôt.

My darling,

Comment vas-tu à Paris ? Tu me manques. Écoute, j'ai beaucoup de choses à te raconter. Et les écrire prendrait trop de temps. Peut-on se parler par Skype aujourd'hui même ? C'est urgent. En fait, James… a disparu…

J'imagine que tu as vu les informations cette semaine. Un gigantesque incendie se propage dans la région. Et depuis avant-hier, des feux violents menacent Sintra. James est parti aider les pompiers. Et plus personne ne sait où il est depuis. Je suis désespérée. J'ai besoin de t'en parler.

J'attends de tes nouvelles. Love you so much.

Millie

Comment avais-je pu passer à côté de cette nouvelle à propos d'un incendie si important dans une région que j'aimais tant ? Je m'en voulais de m'être ainsi coupée du monde, obnubilée par mon entreprise. Il est vrai que dans les phases de travail très intenses, comme c'était le cas, je n'allumais ni la télévision ni la radio en rentrant le soir à la maison. Je relus le message une dizaine de fois. Je revis en un éclair la silhouette de James, le premier jour où je l'avais croisé. La Maison Jaune était-elle menacée ? Allais-je au moins revoir James vivant ? Se pouvait-il qu'il disparaisse, si tragiquement, aussi vite qu'il était réapparu sur mon chemin ? Millie ne pourrait pas s'en remettre après ce qui était arrivé à ses parents. Mes pensées fusaient et tous les scénarios se contredisaient.

J'appelai aussitôt mon amie sur son portable. Personne au bout du fil. À qui demander conseil au mois d'août dans un Paris presque déserté ? À mon amie Valérie, qui revenait tout juste de vacances. Je la contactai immédiatement, et elle m'invita aussitôt à venir chez elle, rue Daumesnil.

Après avoir quitté Clément, j'avais emménagé deux étages en dessous, sur le même pallier qu'elle. Nous partagions parfois un dîner sur ma mini-terrasse ou la sienne, souvent les dimanches soir, quand l'une ou l'autre avait le blues. Elle y avait disposé des plants de tomates et envisageait d'installer un lombricomposteur et des ruches sur le toit de l'immeuble. Elle était dans sa période zéro déchets et je la voyais s'épuiser à faire ses produits ménagers, car elle refusait d'acheter des produits conditionnés dans du plastique. Ses efforts avaient-ils vraiment un impact bénéfique pour le changement climatique comparé aux grosses industries polluantes ? Elle en était certaine, si bien qu'elle avait voulu m'entraîner dans son combat. Mais j'avais déjà les miens, et ils me suffisaient largement. Elle n'avait pas insisté, même si elle avait vingt ans de plus que moi et un côté protecteur qui me faisait du bien.

Soudain, en regardant les trois tomates qui avaient poussé avec difficulté sur sa petite terrasse, me revinrent les sons du potager de la Maison Jaune, et je revis ces fruits et légumes en pleine santé qui poussaient sans pesticides.

— Ça va, mon chou ? me lança-t-elle, maternelle.

— Pas vraiment.

— Je te sers un thé et tu me racontes tout.

Son invitation à la confidence fut la bienvenue. Elle était souvent de bon conseil, et c'était bien la seule personne dans la capitale avec qui j'avais envie de me trouver à ce moment précis. Je lui racontai rapidement mon séjour et lui décrivis en quelques mots l'expérience musicale menée dans le jardin, lui promettant de lui en dire davantage à ce sujet. Ses yeux étaient écarquillés de curiosité. Mais j'étais plutôt préoccupée par le message de Millie, que je lui lus sans plus attendre, tout en buvant mon thé blanc brûlant. Aussitôt, son visage et son regard changèrent d'expression.

— Fais ta valise. Je vais voir à quelle heure part le prochain vol ! m'ordonna-t-elle.

— Le prochain vol ? Pour Lisbonne ? Mais enfin, Valérie, je ne vais pas quitter mon travail comme ça alors que je viens juste de rentrer !

— Ah bon, alors que Millie t'envoie il y a déjà trois jours un message rempli de désespoir ? Elle te demande entre les lignes de venir et toi, tu ne l'envisages même pas ?

J'aimais lorsqu'elle ne prenait pas de pincettes avec moi et me secouait pour me sortir de mes éternelles hésitations.

— Tu es une vraie mère pour moi, lui dis-je en me pinçant les lèvres pour dissimuler un sourire.

— Arrête de me vieillir. Je n'ai pas l'âge d'être ta mère. Allez, prépare tes affaires et va aider tes amis.

Valérie prit sa tablette pour chercher un vol tandis que je faisais ma valise à la hâte. J'avais enfin pris conscience que chaque minute comptait.

— Je te conduis à l'aéroport demain à l'aube. Tu t'envoles à 6 h 45.

L'avion aurait pu partir dans l'heure, j'étais prête. J'avais pris le strict minimum. Après une nuit courte sans sommeil, je laissai l'appartement sens dessus dessous.

Juste avant de sortir de Paris, je suppliai Valérie de faire un détour par mon bureau. Elle râla, mais j'étais têtue. Cette fois, je voulais emporter mon arbre de Jade avec moi. Il était très tôt, personne ne serait au bureau.

Elle conduisit à vive allure et j'arrivai juste à l'heure pour le vol. Valérie était décidément mon ange gardien. Après avoir passé les contrôles, je courus sur le tarmac avant que les hôtesses de l'air ne ferment les portes, mon arbuste sous un bras. De la terre tombait sur le sol, mais je m'en fichais. Je voulais lui réserver une vie bien plus joyeuse dans le jardin de la Maison Jaune que dans un pot étouffant sur un bureau sans âme. Une fois assise, au niveau de l'aile gauche, je pris conscience de mon tee-shirt trempé de sueur. Mon voisin me lança un regard peu amène et s'attarda sur la plante assoiffée. Je posai ma confidente sur le siège, heureusement libre, entre nous, et mis mes écouteurs pour écouter la musique de Pacôme.

***

En une heure et demie de vol seulement, je basculais dans un autre monde. À l'approche de Lisbonne, je fus saisie d'effroi en regardant par le hublot. Sous les nuages bas et noirs, de vastes étendues de terre étaient complètement calcinées. De la végétation proche de la côte s'échappaient encore de sombres fumées. Je n'aurais su dire où se situait Sintra, mais du ciel, je pouvais presque deviner l'odeur de brûlé.

À l'arrivée, vers 8 h 30, je fis signe à un taxi en lui demandant de se hâter. Il n'y avait pas une minute à perdre. Mais le conducteur refusa de me conduire à ma destination.

— Vous êtes inconsciente, Madame, me dit-il en anglais. Toutes les routes permettant de sortir de Lisbonne sont barrées. Et depuis deux jours, les pompiers empêchent les résidents de rentrer chez eux. Heureusement, il a plu cette nuit, et cela devrait durer quelques jours. C'est une vraie chance. Attendez un peu que la situation se calme, c'est plus prudent.

Dans la précipitation, je n'avais pas pensé à cet aspect des choses. J'étais donc coincée à Lisbonne.

J'eus besoin d'un grand bol d'air frais. Je demandai au taxi de me déposer sur l'immense place du Commerce, qui donnait sur le Tage. Elle formait un élégant carré, dont les bâtiments avaient été peints du même jaune que la Maison que j'aimais tant. Je choisis le café *Can the Can* pour passer les prochaines heures. Je n'avais pour seule compagnie que mon arbuste, qui avait bien du mal à rester en équilibre dans son pot vidé de la terre laissée sur le tarmac à Paris.

Il pleuvait maintenant des cordes, et des sourires de soulagement apparurent sur le visage des serveurs et des clients. Tout le monde pouvait enfin espérer la fin des incendies.

Deux heures plus tard, mon téléphone sonna. C'était Henry, à qui j'avais envoyé un texto lui annonçant mon arrivée.

— Tu as bien fait de venir. La Maison Jaune et son terrain ont été épargnés, sans doute grâce aux gros travaux d'élagage réalisés cet hiver, mais nous n'avons toujours pas retrouvé James. Millie est aux côtés des pompiers. La météo a évolué dans le bon sens. Les avions bombardiers sont déjà moins nombreux. Ce soir, je devrais pouvoir venir te chercher. Cela fait trois jours que les pompiers tentent de circonscrire les flammes. Les températures étaient si élevées et le vent changeait de direction si souvent que leur tâche, jusque-là, était plus que difficile.

Nous étions passés sur Facetime pour pouvoir nous voir, si bien que je pus lire une immense fatigue sur son visage. Jamais je ne l'avais vu dans cet état. Je sentais qu'il avait besoin de parler et d'évoquer tout ce qu'il avait vécu ces derniers jours. Il noyait son angoisse dans un déluge de mots.

— Des gens se sont enfoncés dans le brasier, pensant que certaines routes étaient encore praticables. Les pompiers ont expliqué que les pneus des voitures explosent instantanément avec la chaleur, et que les jantes s'enfoncent dans le bitume mou. Qu'elles sont carboni…

Les sanglots lui étranglèrent la gorge. Au même moment, le serveur arriva pour voir si je n'avais besoin de rien. Cela me permit de reprendre mes esprits. Ce matin, à l'aube, j'étais encore à Paris. Je pris un instant pour le réaliser vraiment. Derrière le crépitement de la pluie, je devinais les bruits sourds de l'océan dans le prolongement du fleuve, qui venaient de si loin, le ressac des vagues qui engloutissait mes tourments, et je m'imaginais les courants froids propres à cette région. Tandis qu'Henry me parlait, je compris à cet instant précis que mes vacances dans ce pays avaient été ce qui m'était arrivé de mieux toutes ces dernières années.

***

Lettre à mon arbre de Jade

James. Si j'avais su…

J'étais toute jeune. J'étais séduite, mais je n'ai pas eu le temps de le lui avouer. Après nos trois jours passés ensemble à Paris, il est parti à Bangkok pour faire des études de gemmologie, puis il est devenu gemmologue d'investigation, c'est-à-dire chasseur de pierres précieuses, au Pakistan, en Afghanistan, ou dans d'autres pays lointains.

En faisant des recherches, après son départ, j'ai compris qu'il allait se retrouver dans des zones sensibles, instables politiquement, comme la fameuse vallée des rubis de Mogok, en Birmanie, encore fermée aux étrangers sans laissez-passer. Là-bas, il allait acquérir des pierres couleur de sang parfois au risque de sa vie.

Il n'y avait de toute évidence pas de place pour une femme, encore moins pour une gamine comme je l'étais, une amie de sa sœur. Il n'était pas fait pour une existence classique. Il lui fallait de l'absolu, c'était écrit dans ses yeux, sur ses mains, dans le ton de sa voix lorsqu'il parlait de ce qui le passionnait. Je ne pouvais pas rivaliser avec ses aspirations. Alors j'ai enfoui au fond de moi sa beauté singulière, ses rires, ses talents culinaires, et sa façon presque tendre de me provoquer ou parfois, de me regarder.

Une fois Millie partie avec son boyfriend, je n'ai plus jamais entendu parler de lui. Je l'ai finalement oublié… Jusqu'à ce jour où Millie, à Sintra, m'a reparlé de lui. Je ne lui ai jamais confié mon attirance pour son frère. Mais je sais qu'elle savait. Elle me connaissait trop bien pour ça. Pourtant, elle a fait comme si de rien n'était. À mon arrivée récemment, comme il y a seize ans…

***

7.

« Plus vous devenez réel,
plus tout le reste devient irréel. »

Il était 17 heures. La pluie n'avait cessé de tomber. Je buvais un Perrier citron, après avoir enchaîné deux cafés, un jus de tomate et un jus d'orange pressé dans le café *Can the Can.* Je ne savais plus quoi commander pour m'occuper et je n'avais pas faim. Depuis le matin, je n'avais pas bougé de ma table et j'avais une crampe dans le mollet. Le livre de James, *Le Monde d'hier,* m'avait changé les idées sans pour autant me distraire, en me plongeant dans l'époque sombre qu'avait vécue l'auteur. Décidément, rien n'était léger.

Henry me récupéra enfin. Les feux étaient maîtrisés et nous pouvions de nouveau accéder à Sintra, qui avait été très touchée. Une demi-heure plus tard, je saluai la tête de lion sur la grande porte d'entrée. J'étais de nouveau dans la Maison Jaune. Tout était calme à l'intérieur. Je fus immédiatement enveloppée par un sentiment de soulagement d'être arrivée ici. Il faisait frais et tout était bien rangé et à sa place. Les pierres dans la vitrine. Les livres classés dans la bibliothèque. Les coussins bien disposés sur les grands canapés de la pièce dédiée au piano. Cela sentait le propre, et contrastait totalement avec le chaos et la suffocante odeur de brûlé qui régnaient dehors.

Je n'eus pas le temps de m'installer dans une chambre. Millie arriva en trombe et se jeta dans mes bras. Ses yeux étaient rougis par les larmes.

— Merci d'être venue, Salomé. J'ai tellement besoin de ton aide. Je viens de recevoir un appel des pompiers. Ils ont retrouvé James. Il est vivant, mais blessé. *It's awful.* Henry, filons au palais de la Pena. Un poste de secours y a été installé et il est là-bas.

J'avais entraperçu ce palais à travers les collines à plusieurs reprises, lors de mon séjour précédent, et son allure surprenante m'avait séduite, avec ses couleurs vives et son architecture romantique, fantasque, datant du XIXe siècle. Mais pour l'heure, je n'avais que faire de son intérêt historique.

Nous roulâmes vite à travers un paysage de désolation, avant d'emprunter une route aux abords ravagés qui serpentait en direction d'une petite colline à la végétation étonnamment intense et luxuriante. Le palais qui se dressait en son sommet semblait intact. Millie m'apprit que la veille, des gens couraient sur les bas-côtés de la route, fuyant l'incendie, un foulard sur la bouche. Les mères de famille tenaient leurs petits fermement par la main. Les pompiers avaient tenté d'endiguer le mouvement de panique, mais des arbres à moitié calcinés barraient les routes. En une journée, ils avaient réussi à pousser la plupart des troncs noircis sur les bas-côtés, ce qui avait permis aux habitants de rentrer chez eux afin de mesurer l'ampleur des dégâts.

En arrivant devant l'entrée du parc du château, nous pûmes constater que l'endroit avait effectivement été épargné. Le feu semblait s'être arrêté au pied des grilles.

— Pourvu que le ciel ait été aussi clément avec James qu'il le fut avec la Pena, pria Millie.

Les grilles étaient grandes ouvertes et donnaient sur un parc désert. Seuls les camions de pompiers stationnés devant indiquaient que l'agitation n'était pas loin. On nous indiqua que le poste de secours avait été installé dans la cour du Palais pour que les blessés puissent être évacués plus rapidement. Le parc, dans son exubérance de 200 hectares, s'étendait en hauteur. Nous gravîmes la colline, au milieu de fleurs exotiques et de fougères arborescentes.

Une grande activité régnait dans la cour. Une dizaine de personnes étaient allongées sur des brancards, entourées par des équipes de premier secours. Millie courut d'un brancard à l'autre en appelant son frère et rapidement, elle le trouva. Nous la rejoignîmes immédiatement. James portait un masque à oxygène et une batterie d'électrodes était disposée sur son torse, de part et d'autre d'une large brûlure qui se prolongeait sur tout le haut de son bras gauche. De profondes griffures zébraient ses jambes maculées de terre. Observer son torse se soulever régulièrement ne pouvait me rendre plus heureuse. Millie confirma qu'il s'agissait bien de James et voulut s'approcher de lui, mais on l'arrêta. Il était en état de choc, très déshydraté, et devait être immédiatement emmené à l'hôpital, car ses blessures étaient assez graves. Millie éclata en sanglots, et moi-même, je me sentis vaciller. Henry nous prit dans ses bras et s'employa à nous rassurer.

Je repensai alors au saphir que James m'avait offert lors de notre virée nocturne à Cabo da Roca. Il était toujours tapi au fond de ma poche. Je le pris entre mes doigts et je le caressai doucement, comme un talisman. Dans les souffrances passées, dans les voies en apparence sans issue que la vie m'avait fait emprunter, je n'avais eu souvent qu'une seule et unique solution : m'en remettre à plus grand que moi. C'est ce que je fis, le front posé sur l'épaule de Henry.

***

Le lendemain, nous allâmes voir James à l'hôpital. Notre blessé était un peu groggy par les fortes doses d'antalgiques, mais il allait bien. Les larges brûlures sur son torse et son bras, dissimulées sous de grands bandages, allaient demander du temps pour guérir.

Suspendus à ses lèvres, nous comprîmes à quel point il avait échappé au pire. Il nous raconta qu'en voulant partir à la rencontre des pompiers sur de petites routes à travers la forêt, il avait été arrêté par un arbre tombé sur la voie, qui l'obligea à faire demi-tour. Pris au piège, seul, complètement désorienté, il était finalement descendu de sa voiture. Il avait enlevé son tee-shirt et l'avait placé sur son nez et sa bouche pour éviter de respirer les fumées toxiques. Le réseau téléphonique ne fonctionnait plus du tout. Obligé d'abandonner son véhicule, il avait marché deux, peut-être trois heures, sur ces terres en feu. Il avait eu l'impression d'affronter pour la première fois de sa vie le mal absolu, qui crachait sa haine dévorante contre tout ce que James représentait d'humanité. Une branche en braise se détacha d'un arbre, lui brûlant le torse et le bras dans sa chute. La douleur fut si vive qu'il faillit perdre conscience. Fuyant à travers la végétation encore vivante, il était parvenu jusqu'aux grandes grilles du parc du Palais de la Pena en piteux état. Il s'était alors effondré, et c'est là que les pompiers l'avaient trouvé. Il y était resté inconscient durant deux jours. Les routes barrées par les troncs d'arbre tombés au sol avaient empêché quiconque de se rendre au Palais de Pena. Quelques heures de plus, et on l'aurait sans doute retrouvé mort.

Entre-temps, j'avais appelé le bureau à Paris. Philippe, encore une fois, devait assurer pour deux en mon absence. Il était extrêmement contrarié, et me parlait d'un ton cassant. Mais je ne pouvais pas me résoudre à reprendre l'avion et à rentrer à Paris.

***

Lettre à mon arbre de Jade

Je t'ai enfin planté dans le jardin. Désormais, chaque jour, tu écoutes les mélodies de Pacôme. Tu resplendis. Je n'ai pas l'impression que Paris te manque ni mon bureau d'ailleurs. Ici, tu as des amis, des fruits et des légumes épanouis. Le soleil est présent 270 jours par an, paraît-il. J'ai bien fait, décidément, de t'emmener avec moi.

***

Je laissai passer deux, puis trois, puis cinq jours. Je m'en voulais et me trouvais lâche de ne pas rentrer à Paris. J'étais tiraillée, coupée en deux par mon indécision. Je regardais les vols pour Paris sur mon ordinateur, mais je n'arrivais pas à cliquer sur le bouton pour valider ma commande. Henry me le fit remarquer, l'air de rien. Il me confia aussi être très soucieux pour Millie. Elle paraissait à bout de forces. Elle se battait sur tous les fronts, dormait peu et perdait du poids alors qu'elle semblait manger normalement. Plus elle se débattait avec la législation portugaise pour faire valoir ses droits de propriétaire, plus ses joues se creusaient.

Sans transition, il me reparla de moi :

— Je vois bien que tu repousses chaque jour ton départ. Qu'est-ce qu'il se passe ?

— Je ne sais pas. Tout est étrange depuis mon séjour précédent et mon retour à Paris. Je mesure combien je n'y suis pas bien, combien cette vie ne me correspond plus. Et ici, Millie et James ont besoin de moi. Mais je m'en veux. Mon associé n'a rien demandé. Du jour au lendemain, il découvre que la fille déterminée avec qui il a monté une boîte perd complètement la foi, alors même qu'ils ont décroché un très gros contrat. Je serais à sa place, je me détesterais.

— Ne sois pas trop dure avec toi. Nous sommes tous passés par ces phases-là. Crois-tu vraiment que j'ai quitté la City et tout ce qui faisait ma vie en un claquement de doigts ? Que pour accepter que j'aimais les hommes, je n'ai pas bataillé avec mes propres démons ? On ne devient pas soi-même aussi facilement, sinon ça se saurait, non ?

Je m'apprêtais à lui répondre lorsque quelqu'un se mit à jouer du piano avec virtuosité. Nous nous rendîmes à la bibliothèque, dont la porte à deux battants était grande ouverte. Pacôme improvisait et Claudio donnait de grands coups de pinceaux sur une toile blanche, posée contre la bibliothèque enveloppée de bâches. Leur duo était décalé, anti-conventionnel, imprégné d'une douce folie. En osmose totale, ils s'exprimaient avec une audace qui nous laissa sans voix. Puis Pacôme me vit et s'arrêta net de jouer.

— Salomé, prends ce tabouret et viens t'installer près de moi. Nous allons jouer ensemble. Observe mes doigts. Plonge dans ton corps. Quand tu le sentiras, tu poseras tes doigts sur les touches.

J'avais fait du piano durant plusieurs années, pendant mon enfance, et je possédais donc quelques bases, mais je résistai à son invitation tant je m'attendais à un désastre.

— Salomé, ne pense pas. Ressens. Laisse la musique t'habiter comme l'océan.

— Mais je ne sais pas comment on fait !

— Ne t'inquiète pas, nous allons parler le même langage. Essaie, juste pour me faire plaisir.

Je pouvais sentir le regard du peintre dans mon dos. Il m'intimidait, mais, d'un autre côté, je sentais son encouragement à faire le grand saut. Henry me fit signe de ne pas réfléchir plus longtemps. Alors je m'avançai, pris le tabouret, et vins m'asseoir à côté de Pacôme.

Il commença à jouer. Je ne voulus pas attendre trop longtemps sinon je n'aurais jamais osé me lancer. Je posai mes doigts sur les touches et, au bout de quelques secondes, ils se mirent à jouer tout seuls, modulant des accords sur le clavier. Les notes s'accordaient parfaitement avec celles de Pacôme. L'air était léger et gracieux, même si une fausse note venait de temps à autre en briser la mélodie. J'entendis une forme de refrain revenir plusieurs fois et les sonorités se faire peu à peu de plus en plus amples. Je cessai net de jouer et me tournai vers Pacôme, stupéfaite, ravie.

Le peintre se posta devant nous, le regard brillant, et nous dit avec sa grandiloquence coutumière :

— Ce à quoi je viens d'assister est à peine croyable ! J'ai vu deux pianistes faire l'amour à un piano !

Je n'en avais que faire. J'étais plongée dans l'expérience que je venais de vivre. Pacôme venait, une nouvelle fois, de me faire découvrir un autre monde.

— Certaines personnes et certains objets, notamment les instruments de musique, ont une mémoire. Ce Pleyel, qui appartenait au père de Millie et de James, est vivant, tu sais. Il est originaire de la Prusse orientale. Il a subi de nombreux chocs, et ses 3 000 pièces ont été sérieusement endommagées. Mais grâce de nombreuses restaurations réalisées par un célèbre ébéniste, il poursuit sa longue vie. Son humeur change en fonction de la température et de l'hygrométrie, car le bois n'est pas traité. C'est un sacré personnage, n'est-ce pas ? Écoute ce son grave, profond, imprégné de toutes les choses de ce monde. Il te permet de te remettre dans ta propre fréquence. C'est un véritable sérum de vie sonore, qui ne coûte vraiment pas cher.

En même temps qu'il appuyait sur la pédale, il faisait résonner les notes les plus graves et les plus profondes, qui me donnèrent l'impression d'entrer en moi par tous les pores de ma peau. J'avais la tête qui tournait. Puis il me regarda et me dit, prenant Claudio à témoin :

— Ne te torture pas plus longtemps. Renonce à ta vie parisienne et dis oui à celle qui te tend les bras.

Il avançait cela sans prendre de gants, comme si c'était une évidence absolue. Je lui répondis mentalement : « *Tu dis n'importe quoi. Je ne peux pas tout plaquer définitivement comme ça, notamment mon entreprise. Et j'ai aussi un appartement à payer.* »

Comme s'il m'avait entendu, il me rétorqua :

— Sépare-toi de ton entreprise et de ton logement. Aide-nous à organiser l'avenir de la Maison Jaune. Petit à petit, tu trouveras la fonction adéquate pour toi.

Je lui répondis, cette fois à voix haute :

— Qu'est-ce que je vais dire à mon associé ?

— Ton associé ? Dis-lui : « *Bye bye*, autre chose m'attend. J'ai une maison à défendre, des amis à aider, une vie à reconstruire... »

Je l'observais, scrutant ses moindres expressions. Il souriait, tout comme Claudio et Henry. Je le voyais sous un nouveau jour, venu d'une époque lointaine, disparue, entouré d'une énigme insondable et riche de mille vies passées. Il entendait des choses que les autres humains n'entendaient pas. Claudio, Henry et lui me dévisageaient avec intensité. Mais je restais perdue dans mes notes de musique et dans les couleurs de la toile. J'avais envie d'aller y nager pour m'y perdre et y être absorbée.

***

Lettre à mon arbre de Jade

Je viens de faire des recherches sur Internet, mais je n'ai rien découvert sur l'expérience vécue aujourd'hui dans la bibliothèque. Je crois qu'en fait, Pacôme a un don inconnu, rarissime. Il est capable de faire danser les âmes au-dessus de son piano, de nous faire perdre tout repère en laissant la musique prendre les commandes. J'ai senti mon corps se défaire de tout ce qui l'oppressait. J'étais Salomé et, en même temps, toutes les autres femmes rassemblées.

En se laissant traverser par les vibrations, en conversant avec les notes, je pouvais presque m'imaginer sortir de l'instrument pour atteindre mon esprit. J'avais l'impression que Pacôme me guérissait et me conduisait sur le chemin de la métamorphose. J'ai désormais atteint un espace que je dois reconquérir.

C'est comme un secret que je garde, car si j'en parlais autour de moi, je craindrais que les effets diminuent, s'évanouissent dans l'air, perdent de leur consistance. Que cela ne soit plus que du vent.

Dans les moments de doute, me rappeler ces nouvelles perceptions, cette amplification cognitive que j'ai vécue ! J'ai eu cette possibilité inouïe de pouvoir me connecter à une autre intelligence, plus grande, plus vaste, sans limites.

À moi d'accepter de ne pas tout comprendre, de laisser se dissoudre ce que je connais au profit de l'inconnu, et de tout ce qu'il me réserve.

8.

« Ne déteste pas ce que tu ne comprends pas ! »

J'avais écouté mes amis. En trois mois, j'étais devenue une résidente à part entière de la Maison Jaune. J'avais dit à Philippe que je prenais le temps de la réflexion en restant quelque temps à Sintra. Il était sorti de ses gonds, m'avait mise en garde. D'après lui, « je fichais en l'air un avenir professionnel très prometteur ». Mais pas une seconde, je n'avais vacillé. Mes parents et ma sœur ne comprenaient pas comment je pouvais abandonner mon associé et mes collaborateurs pour qui j'avais eu tant d'estime, et avec qui j'avais tant travaillé. À leurs yeux, j'étais lâche et sans scrupule. Mon rêve, celui de décorer un hôtel de luxe à Amsterdam, était devenu réalité après des années d'effort, et c'était précisément à ce moment-là que je partais. Vu ainsi, cela avait peu de sens, je le concédais bien volontiers. Seule mon amie Valérie m'avait assuré de son soutien indéfectible. Cette situation était douloureuse, et il allait me falloir du temps pour désapprendre et me dépouiller aux côtés de Millie, affranchie du regard et des jugements des autres.

Après avoir ainsi coupé les amarres, je ne pouvais toutefois pas dire : « Je suis chez moi à la Maison Jaune », car je ne l'étais plus nulle part. Ni à Paris ni ici, au Portugal. J'éprouvais un sentiment d'exil qui me surprit. Je traversais une phase de transition et, dorénavant, tout ce qui m'importait, c'était de savoir où était ma vraie place. Je voulais croire que, pour l'heure, Millie avait besoin de moi à ses côtés, et je pouvais m'appuyer sur Henry et Adriano, sur Claudio, le peintre, toujours en résidence, sur Pacôme et James lorsqu'ils étaient là. Je comprenais toute la valeur et tout le prix de mon indépendance.

La notoriété de la Maison Jaune était bien réelle. Je m'en apercevais chaque jour davantage. Beaucoup d'artistes voulaient venir en résidence, mais leur demande ne pouvait être honorée, faute de place. Des entrepreneurs toujours plus nombreux aspiraient aussi à séjourner ici. Je secondais Millie autant que je le pouvais, en répondant notamment aux abondantes demandes d'information quotidiennes par mail. Je découvris ainsi les différentes offres qu'elle avait mises en place. Elle proposait, par exemple, des marches dans la nature avec des guides, des sessions de surf, de méditation, de yoga pranique, de sensibilisation à l'environnement, de pratique du zéro déchets, ou encore des conférences sur son mode de vie communautaire et moderne.

Il n'était pas rare qu'elle voyage pour en témoigner au Japon, en Islande, à Bali ou encore aux États-Unis. La Maison Jaune faisait partie d'un réseau international, où les fondateurs des différentes structures échangeaient sur leurs pratiques et puisaient de l'inspiration ou de nouvelles idées. Toujours en quête de solutions concrètes à des fins de solidarité et de connexion, Millie visitait des écovillages, des centres d'innovation orientés vers la croissance positive, ou des lieux d'incubation où l'on réfléchissait à de nouveaux modèles socio-économiques.

Depuis que je la secondais, j'avais l'impression que Millie redoublait d'efficacité et de projets, même si une forme de lassitude la rattrapait parfois. Je voyais bien qu'elle ne voulait rien montrer de ses états d'âme. Elle m'étonnait chaque jour un peu plus.

***

Lettre à mon arbre de Jade

Millie. On pourrait écrire un roman sur elle. Je puise une force nouvelle dans le nouveau lien que je construis chaque jour un peu plus avec elle. Nous sommes tout à la fois différentes et complémentaires, et nous nous rendons mutuellement un peu plus heureuses. Elle apporte de la nuance dans ma vision de la vie. L'amitié serait-elle « l'amour sans ailes », comme l'a écrit le poète Byron ? Un amour sans fantasme, sans attente trop élevée et inatteignable ? J'aime à le croire.

Elle reste malgré tout difficile à cerner, mais c'est aussi ce qui me fascine en elle. Ce n'est pas qu'elle soit soupe au lait. Elle est plutôt d'humeur constante. Mais de plus en plus souvent, elle me montre qu'elle m'adore puis, pour une raison qui m'échappe, elle devient distante quelques heures plus tard. En fait, c'est comme si elle se coupait tout à coup du monde, comme si elle n'avait plus d'énergie pour rien. Jusqu'à maintenant, je mettais cela sur le compte du stress, mais je sens que c'est plus complexe.

Conclusion du jour : en parler à Pacôme. Je sens qu'il pourrait me montrer les choses sous un nouvel angle. Il a un côté « grand sage » qui me rassure.

***

À Sintra, dans la grisaille de l'automne, au milieu des arbres en souffrance, paradoxalement, je me transformais. Le terrain de la maison avait été épargné, mais au-delà, il ne restait que des troncs calcinés, souvent tranchés et gisant au sol. Les pins parasols que j'avais connus à mon arrivée étaient désormais squelettiques. Des poteaux noirs, à perte de vue, remplaçaient les forêts du passé et imprimaient dans le paysage une mélancolie dont il était difficile de se défaire. Et dans ce cimetière de conifères, j'avais envie de dire à cette nature abîmée que j'avais connu cet état. Que de ces cendres rejailliraient un jour des forêts verdoyantes. Peut-être pas demain, mais dans un futur certain.

L'état de James s'était dégradé peu de temps après son hospitalisation. Il était très affaibli et cicatrisait mal. Toutes les couches de sa peau avaient été atteintes. Il avait donc été admis dans le service des grands brûlés, où il avait passé deux mois. Millie, Henry, Pacôme ou moi allions régulièrement le voir, mais nous ne pouvions que constater notre impuissance. Par la suite, il avait été question de chirurgie réparatrice, mais il n'avait pas voulu en entendre parler. Il souhaitait garder les stigmates de l'événement visibles, pour ne jamais oublier qu'il avait frôlé la mort. Une bonne partie de sa peau, sur son torse et son bras, demeurait fort sensible.

Depuis son retour de l'hôpital, il parlait peu et partait souvent en journée, seul.

Un matin, je réussis à m'entretenir avec Pacôme dans la cuisine, tout en lavant les derniers bols du petit-déjeuner qui traînaient dans l'évier. Je lui fis part de mes inquiétudes à propos de Millie. Il me répondit :

— Ne t'inquiète pas. Millie est une femme qui peut parfois être déroutante. Et elle est très inquiète pour la situation de la Maison. Un jour, tu comprendras ce que je vais te dire. Mozart disait que les fausses notes n'existent pas, que ce sont seulement des notes mal placées. Tu vois, chacun doit trouver à chaque instant où placer les notes pour sonner juste. Ne t'attarde pas sur les fausses notes de Millie ou sur les tiennes. Elles font partie de la symphonie.

***

Je fis deux allers-retours à Paris pour prendre mes affaires et régler ce qui devait l'être. Je déléguai la location de mon appartement meublé à une agence pour un temps indéterminé, en prenant soin d'emporter auparavant le portrait que Claudio avait réalisé de moi. Pour vivre au quotidien, je puisais dans l'argent que j'avais économisé ces dernières années puisque je n'avais fait que travailler, sans jamais m'évader. Et j'avais toujours été une gestionnaire prudente. « Vous avez 45 000 euros sur votre compte » me remit en mémoire ma banquière. Parfait pour repartir en roue libre au Portugal…

Pendant ma dernière virée parisienne, je suis également allée au bureau pour récupérer quelques affaires personnelles, déléguer tous mes dossiers et surtout, expliquer mon choix de vive voix à mes collègues. Ils me regardèrent d'un air perplexe, déçu. Je leur en avais tant demandé ces derniers mois, et on avait tant partagé… J'eus aussi un entretien glacial avec Philippe, au terme duquel il me fit une proposition : me racheter toutes mes parts de la société, dont je détenais 50 %. S'il prenait un nouvel associé, ce serait en qualité d'actionnaire minoritaire, car il ne voulait pas « revivre le même cauchemar » qu'avec moi… J'acceptai sans hésiter. Cela signifiait que des fonds importants allaient rentrer, et que je serais à l'abri du besoin pendant un temps certain dans ma nouvelle vie.

Mon départ fut donc tendu, baigné dans une atmosphère d'incompréhension générale. Je souris pourtant en jetant un dernier regard à mon ancien bureau, car mon arbre de Jade resplendissait, ailleurs.

Je pris l'ascenseur de la Tour Montparnasse. En moins de deux minutes, j'étais dans la gare, plongée de nouveau dans une foule. Déjà, je n'appartenais plus à ce spectacle. Le mien se jouait ailleurs, avec un autre metteur en scène : moi, et personne d'autre. L'aveuglement des autres m'aidait à voir clair en moi.

***

Nous étions mi-décembre. Au soleil, sur le perron de la maison, je lisais tranquillement le livre de Stefan Zweig que James m'avait offert quand je le vis arriver et s'avancer vers moi. Il allait beaucoup mieux, et nous étions tous soulagés. Il venait de faire un footing et son souffle était court.

Il s'assit à mes côtés, en s'excusant d'être en sueur, jeta un œil à mon livre et me le prit délicatement des mains.

— Veux-tu que je te lise mon passage préféré ? me demanda-t-il.

Mon regard approbateur lui suffit. Il retrouva rapidement l'extrait :

— « L'épreuve est un défi, la persécution nous fortifie, la solitude nous grandit, pour autant qu'elle ne nous brise pas. Comme pour toutes les choses essentielles de la vie, ce n'est jamais par l'expérience d'autrui que l'on acquiert ce genre de connaissances, mais toujours par sa propre destinée. » Quand j'ai perdu mes parents, je lisais ce passage plusieurs fois par jour. J'y puisais une forme d'apaisement. C'est le plus beau témoignage que j'ai lu.

— C'est vrai. Je suis en train de découvrir la vie de l'auteur, entouré d'artistes et de penseurs, dans une Europe brutalement frappée par l'Histoire. Et dans ce passage, il a tellement raison !

— As-tu déjà remarqué que ce sont les livres qui viennent à toi et non l'inverse ? Exactement comme les pierres. Pas besoin de les chercher, ce sont elles qui te trouvent — au fond des mines, dans une rencontre inattendue, dans une ruelle improbable au bout du monde... Depuis que je l'ai compris, ma vie est plus simple. Je vais te révéler un secret. Ce lion que tu aimes tant, sur la porte d'entrée, me rappelle ce que je viens de te lire. C'est moi qui ai fait installer le heurtoir sur la porte quand nous avons acheté, avec Millie, cette bâtisse. Il m'apporte de la stabilité, me rappelle ce qui est important pour moi et solide, quoi qu'il arrive. C'est comme s'il me protégeait. J'imagine que c'est ce que tu vois en lui, toi aussi ?

Je lui répondis par un grand sourire.

Tout était calme autour de nous, fait rarissime à cette heure de la journée. J'observais James comme si c'était la première fois que je le voyais. Il ne jouait pas le rôle du grand frère mystérieux, du gemmologue ou du propriétaire de la maison. Il se montrait tel qu'il était, naturel. Il reprit :

— Au fait, je ne te l'ai jamais dit. Merci pour tout ce que tu as fait.

— Je ne vois pas de quoi tu parles, répondis-je, surprise.

— Mon accident t'a mise dans une sacrée galère. Tu as tout plaqué à Paris et tu es venue vivre ici.

— Je ne serais pas venue si je ne l'avais pas profondément désiré. Je pense au contraire que ce qui t'est arrivé m'a permis de comprendre que je faisais fausse route en haut de cette tour Montparnasse, où sont les bureaux de ma société. Enfin, de ma future ex-société !

— C'est l'effet Cabo da Roca. me fit-il remarquer en riant.

— Sûrement. Tu m'avais prévenue. Cette virée en pleine nuit m'a bien secouée. J'ai même failli m'envoler ! Et depuis, ton saphir ne me quitte plus. C'est même devenu mon porte-bonheur...

James sourit. Il parlait peu et n'était pas démonstratif, mais quand il décidait de passer du temps avec quelqu'un, on ressentait toute son attention, toute sa présence et son intérêt. Il gardait ses distances puis, petit à petit, son attitude changeait et il donnait une part de lui, vraie, délicate, à travers un mot ou un geste. Sans jamais s'imposer, avec une délicatesse propre aux êtres qui sont passés par de rudes épreuves et se sont redressés, plus droits que jamais.

— Tu sais, je t'ai vu changer depuis la première fois que je t'ai retrouvée ici. Tu étais sur la retenue, visiblement mal à l'aise dans ta robe. Quand tu marchais pieds nus, c'était sur la pointe des pieds. Tu disais que tu avais tellement l'habitude d'être en talons que marcher à plat te déstabilisait. Tu n'étais pas comme ça quand je t'ai connue… Et aujourd'hui, je vois en toi une femme accomplie, qui fait des choix courageux, et qui s'est prise de passion pour le piano…

— Tu te moques ! Mais c'est vrai que, grâce à Pacôme et à son don à peine croyable, ma relation au piano et à la musique a beaucoup changé. Des choses se sont révélées à moi et sont devenues limpides. J'essaie maintenant de mettre de côté mon esprit rationnel pour être en totale réceptivité. J'ai compris que je ne détenais aucune vérité, et depuis cette expérience, je veux questionner, douter, comme une exploratrice.

— Je sais. Pacôme nous a remis sur pied, Millie et moi, après l'accident de nos parents. Il est notre parrain, mais il est bien plus encore. Dès qu'il joue pour quelqu'un, c'est comme s'il le remettait dans son axe. Henry en a bénéficié, comme presque tous ceux qui vivent ici. C'est devenu une sorte d'intronisation. Pacôme et cette maison font du bien à tous ceux qui s'en approchent de près ou de loin. Je pense que ton côté cheffe d'entreprise va nous être très utile pour sauver ce lieu. Tu es une des pièces du puzzle, et j'ai constaté, ces derniers temps, que tu en deviens une pièce maîtresse.

Je sentis mes joues s'empourprer. C'était bien trop, tout d'un coup. J'étais très gênée et, en même temps, j'étais dynamisée par ses paroles qui paraissaient sincères.

James s'approcha un peu plus de moi. Il demeura un moment silencieux puis reprit :

— Je me souviens très bien de ces trois jours magiques à Paris, dans ton appartement. J'aurais tant aimé prolonger ces instants. J'avais encore plein de plats à te cuisiner, de spectacles à découvrir avec toi, de chanson des Beatles à te faire écouter... Je n'ai pas su saisir ma chance.

Il avança sa main vers ma joue, mais instinctivement, je reculai. Mon corps parlait sans que je puisse le raisonner et m'imposait sa mémoire. Même si je le désirais, je ne pouvais me laisser aller dans les bras de James. Je n'étais pas prête.

***

Lettre à mon arbre de Jade

Je pense à lui. Je rêve de lui. Et je le repousse ! Je m'en veux. Je me flagelle.

En moi, il y a des blessures, des colères, mais aussi une envie dévorante de rire, de me donner, de jouir. Je suis bloquée, coincée, tétanisée. Le temps m'a pétrifiée. Je viens de m'apercevoir à quel point une partie de moi est verrouillée. J'ai peur de rester comme ça. À jamais avec mes démons.

***

Au fil des jours, je prenais conscience de la façon dont fonctionnait la Maison Jaune. Chaque membre avait son rôle bien défini et contribuait à un roulement interne concourant à la réalisation d'un même objectif : la survie de la Maison, son développement, ainsi que celui de chacun, couplé à son épanouissement.

Mon nouveau défi était d'agir et de progresser en groupe tout en m'affirmant comme un individu à part entière. De devenir une part intégrante de cette microsociété. Je voulais plus que jamais m'investir et je commençais à croire, grâce aux paroles de James et de tous ceux qui m'entouraient, que j'avais la capacité, moi aussi, de jouer un rôle dans les changements demandés par la situation précaire de la Maison Jaune.

Je renouais aussi avec mon corps, qui, à Paris, s'était fait discret puisque je ne lui avais consacré aucune attention. À Sintra, il se déployait de nouveau, il revivait. Malgré le spectacle désolant laissé par l'incendie, je prenais plaisir à aller courir à mon tour, parfois seule, parfois accompagnée de James quand il était là. Mais il allait bien plus vite que moi, aussi préférais-je partager ma course avec Henry, qui parlait comme une pipelette et ne me mettait aucune pression.

Peu après mon échange avec James, il se sentit d'attaque pour repartir à la recherche de pierres commandées par un gros client des Émirats arabes. Celui-ci se passionnait en particulier pour les émeraudes. Bien décidé à enrichir sa collection, il cherchait donc à rencontrer les plus grands gemmologues du moment. Je découvris à cette occasion que James en faisait partie. Il allait s'absenter deux semaines par mois durant trois mois, et la maison tournerait sans lui. Comme à chaque fois, il me dirait sobrement « à bientôt » et j'en aurais le cœur serré.

***

Un matin, tôt, je rejoignis Millie. Je savais où la trouver. Tous les jours, elle se levait à l'aube et passait deux ou trois heures dans la salle de coworking avant que d'autres ne l'investissent. Elle avait le sentiment d'y réfléchir différemment que dans son bureau. Il restait urgent de trouver une solution pour la Maison Jaune, et nous enchaînions les brain storming. L'avocat qui étudiait le dossier nous avait laissé jusqu'à février pour proposer un modèle économique viable, qu'il pourrait ensuite défendre devant la mairie. Le cahier des charges devait concilier le besoin d'y proposer un nouveau style de vie, de respecter l'environnement, de permettre à la communauté de la Maison Jaune de continuer à y résider, et d'atteindre l'équilibre financier dans cinq ans.

Quand j'entrai dans la pièce, Millie était bien devant son ordinateur et elle semblait désespérée. Son aspect avait changé. Elle qui s'était toujours habillée court et léger portait désormais de longues robes qui cachaient ses bras et ses chevilles. Sa longue frange avait soudain blanchie, et à présent qu'il faisait froid, elle s'enveloppait dans les beaux châles en cachemire que James lui offrait au retour de ses voyages. Elle avait l'allure d'une belle gitane, et son côté bohème s'était encore accentué ces dernières semaines.

— Si tu veux qu'on se penche sur le dossier, je suis prête à travailler des heures, lui dis-je avec enthousiasme.

— Je me sens si inexpérimentée en affaires, si tu savais. Quand on a acheté la maison et fait réaliser les gros travaux initiaux, j'ai eu bien sûr des banquiers et des entrepreneurs pour interlocuteurs, mais là, c'est tout autre chose. Et James a le sens des affaires, mais uniquement dans son domaine de prédilection.

Elle semblait résignée depuis l'épisode de l'incendie. Instinctivement, je sortis mon saphir de ma poche et le posai délicatement à côté de nous. Il était toujours de bon conseil. En tout cas, j'aimais à le croire.

— Eurêka. J'ai trouvé !

Je venais d'avoir une idée folle, mais complètement en adéquation avec ce que l'on désirait. Sans la faire languir plus longtemps, je lançai :

— Un écolodge, un hôtel éco-chic !

— What ? Tu veux transformer la Maison Jaune en écolodge ?

Elle était aussi surprise que dubitative. Je repris :

— Tu sais bien que, de nos jours, la clientèle est avide de ce genre de complexe hôtelier, qui conjugue luxe, bien-être et innovation. C'est la solution idéale pour nous ! Et tout le monde pourra contribuer au projet, en continuant de vivre comme avant, peut-être même encore mieux. On pourra aussi offrir du travail à ceux qui en cherchent parmi les habitants de Sintra, et solliciter des architectes engagés, si c'est nécessaire. On prouvera à tous, et surtout à nous-mêmes, que la Maison Jaune est plus que jamais l'avenir.

Je sus que Millie adhérait déjà à mon projet à l'étincelle qui brilla dans ses yeux. Inspirée par mon entrain, elle retrouva le dynamisme qui la caractérisait.

Dans l'heure qui suivit, nous cherchâmes sur Internet des projets similaires au nôtre dans le monde, et imprimions déjà des photos, des plans, des documents. En un rien de temps, un mur entier de la pièce en fut couvert. Accolées les unes à côté des autres, les images projetaient notre vision plus clairement, et elle nous séduisait de plus en plus.

Lorsque les résidents commencèrent à arriver dans la salle de coworking pour commencer leur journée de travail, Millie leur demanda s'ils acceptaient de lui laisser exceptionnellement la pièce pour la journée. Elle mit une autre salle à leur disposition et tous furent d'accord. Son enthousiasme était communicatif.

***

Vers 21 heures, Henry débarqua en trombe dans la pièce. Il s'inquiétait de ne pas nous voir au dîner. En regardant le mur tapissé d'images et de documents, il comprit aussitôt dans quoi nous étions plongées. Devant nos sourires, il nous demanda de lui expliquer de quoi il s'agissait exactement. Il n'eut pas besoin de nous supplier bien longtemps. Une demi-heure plus tard, il était aussi convaincu que nous. Galvanisés, nous avions le ciel pour seule limite.

Mais rapidement, une question se fit jour : avions-nous les compétences nécessaires pour monter un complexe touristique d'une telle envergure ? J'étais douée pour la décoration de luxe et savais conduire les budgets et les chantiers correspondants. Henry, ancien trader, avait de fortes connaissances financières et était parfaitement à l'aise avec les tableaux bourrés de chiffres. Et Millie avait largement démontré qu'elle savait faire tourner une structure comme la Maison Jaune. Mais pour le reste, nous étions tous les trois des novices et avions perdu, au fil des épreuves, nos illusions face au monde des affaires. Nous savions qu'en tant qu'expatriés, nous allions nous heurter à la législation portugaise. Les Portugais étaient, certes, accueillants avec les Français, mais le seraient-ils autant si nous investissions de façon conséquente les alentours de Sintra ? Nous parvînmes tous les trois à la même conclusion : il fallait se lancer dans cette expérience peu commune pour le savoir, et nous étions dans les starting-blocks.

James n'était pas là pour nous apporter son propre point de vue. Comment allait-il réagir ? Nous décidâmes de l'appeler sans tarder.

Le décalage horaire étant important, ce fut vers 4 heures du matin que Millie parvint à le joindre. Elle lui expliqua qu'à ce stade, toutes les options étaient envisageables. Nous verrions dans un second temps ce qui serait réalisable ou non. Nos idées étaient les suivantes : grande piscine non traitée chauffée toute l'année, cabanes luxueuses à ciel ouvert dans les arbres, grand restaurant avec, à la tête, un chef étoilé spécialiste de la cuisine veggie, déploiement de la marque « La Maison Jaune » pour des produits en coton bio – peignoirs, serviettes de bain, tee-shirts, paréo — ou des produits à déguster, comme les jus et les smoothies ou les pâtisseries sans gluten. Il fallait aussi trouver un autre lieu pour accueillir les artistes qui le souhaitaient dans une résidence digne de ce nom.

Millie se perdait dans cet inventaire à la Prévert. Elle avait mis la fonction haut-parleur et nous attendions à présent la réaction de James. J'aurais donné ma main à couper qu'il acquiesçait en silence. De sa voix grave, il lança enfin : « C'est extra ! »

Henry, aidé d'Adriano qui ne le quittait plus — il s'était finalement installé à la Maison Jaune et Henry rayonnait —, s'isola toute une journée avec un second avocat pour examiner le droit portugais en matière de propriété. En fin d'après-midi, il vint nous rejoindre dans le jardin. Il n'y avait plus aucun doute. Si nous préservions la bâtisse principale et son aspect historique, nous pouvions y développer notre projet, à commencer par la construction de la piscine. Alex Jubilato, un maître d'œuvre expérimenté recommandé par Adriano, avait donné son accord de principe : si les choses évoluaient bien en ce sens, il orchestrerait les différents corps de métier et s'attacherait à respecter la délicate équation entre les atouts de ce lieu historique et notre vision de son futur. L'heure des devis avait sonné. Mais tout cela reposait sur un point fort délicat : trouver un mécène qui accepterait de financer le tout.

Le soir même, nous annoncions à tous les résidents notre grand projet : la Maison Jaune avait la capacité de devenir une référence dans le tourisme écologique, ce qui permettrait de rehausser son positionnement et de s'allier avec des partenaires de choix.

Durant tout le mois de janvier, nous avons affiné notre dossier afin qu'il soit bouclé en février, comme nous en avions convenu avec les avocats. Et nous avions rendez-vous le 18 mars avec un élu de la mairie de Sintra pour lui exposer notre idée grandiose.

Nous avions tout ficelé dans les moindres détails, et contacté différents prestataires dans chaque domaine afin de disposer des devis qui nous permettaient d'optimiser les coûts. Par une belle ironie des choses, j'exerçais de nouveau mon métier de designeuse d'intérieur, auquel je pensais avoir définitivement renoncé. 1 000 euros un lustre tendance, 2 000 euros la parure de lit en lin, presque 50 euros chaque bouteille de shampoing écologique de 30 ml… Moi qui n'avais jamais eu d'attrait pour les matériaux durables par le passé, j'ouvrais enfin les yeux sur une réalité très préoccupante. J'évitais d'avoir recours au plastique, je vérifiais la provenance de chaque partie d'un objet, et optais en priorité pour des marques portugaises afin d'éviter les produits importés du bout du monde. Leurs conditions de fabrication et leur transport par cargo contribuaient activement au désastre écologique. Je vérifiais également d'où provenaient les bois des meubles, ou comment étaient traités le coton et les tissus que nous projetions d'acheter.

Cela dit, c'était un vrai casse-tête chinois, et je devais faire des concessions à chaque fois. Je repensais très souvent à Valérie, avec ses obsessions pour préserver la planète. Elle avait raison sur toute la ligne, et elle se serait bien entendue avec Millie sur ces sujets. Je m'en voulais de ne pas avoir été plus attentive à tout ce qu'elle avait tenté de me dire à propos de nos comportements en matière de consommation : notre habitude de jeter sans chercher à réparer, d'acheter sans vérifier l'éthique derrière l'étiquette, de nous précipiter sur les soldes alors que nos placards sont pleins… Mais les produits de qualité avaient un coût, et nous devions régulièrement réévaluer nos prétentions. Sinon, comment financer de telles dépenses sans mettre la clé sous la porte avant même d'avoir commencé quoi que ce soit ?

***

Lettre à mon arbre de Jade

Millie part demain en voyage. Elle me laisse les clés de la maison. James ne sera pas là lui non plus. Elle me fait entièrement confiance. J'en suis très honorée. Et je pense que je suis capable de gérer à présent, après m'être longtemps comportée en touriste ici. Mais souvent le soir, en m'endormant, des pensées que j'aurais aimé chasser surgissent malgré moi dans mon esprit. Le corps de James sur le brancard dans le palais de la Pena, Millie en larmes, la région défigurée, les habitants dévastés. Moi, recroquevillée dans notre appartement de l'avenue Daumesnil, après un esclandre de plus avec Clément. Tout peut partir en fumée si vite. En un rien de temps, la vie peut basculer. La Maison Jaune et tous ses habitants me sauvent.

9.

« À chaque fois que tu doutes, débranche ton esprit, détends-toi et laisse-toi porter par les flots. »

Depuis deux jours, j'étais seule à bord au poste de Millie. J'avais enchaîné des réunions avec un paysagiste, car nous envisagions de refaire la cour d'entrée, puis avec Henry pour revoir nos plans à six mois. Un dirigeant d'une grande entreprise m'avait également appelée pour programmer son séminaire au sein de notre établissement. J'essayais de faire bonne figure, de montrer que je maîtrisais tous les sujets, et mes réponses étaient parfois un peu floues. Je n'arrivais pas à joindre Millie par téléphone et tombais systématiquement sur sa messagerie. Sur le coup, je lui en voulais de me faire tant confiance et la seconde d'après, je me reprenais et assumais ma mission temporaire.

La première journée dura plus de douze heures. Il fallait, entre autres, répondre à la foule de demandes provenant du monde entier et identifier les plus sérieuses parmi celles émanant de start-up, d'entrepreneurs ou d'artistes. En fin de semaine, j'avais pris mes marques et les bons réflexes, et les résidents n'hésitaient plus à venir à ma rencontre pour me demander mon avis sur les repas de la semaine, sur un frigo défectueux et sur toutes ces questions du quotidien qui, l'air de rien, prennent du temps.

Six jours plus tard, Millie m'appelait pour m'avertir de son retour le lendemain, sans s'excuser pour son long silence. Cette fois, ce fut moi qui allai la chercher à l'aéroport, avec la voiture d'Adriano. Dans le hall, je l'aperçus et avant qu'elle ne me voie, je pus l'observer. Avec sa longue robe mauve sous son élégante veste noire, ses joues légèrement creusées et son sourire serein, son aura était toujours aussi belle. Certains regards se posèrent sur elle. Je n'avais qu'une envie, la retrouver et reprendre le fil de nos conversations passées.

***

La Maison Jaune somnolait encore. J'étais debout depuis 6 heures du matin, aux côtés de Millie. Nous avions besoin l'une et l'autre d'une heure rien qu'à nous. Nous nous rappelions des anecdotes sur notre vie commune à Paris, mais surtout, Millie me transmettait son savoir, notamment sur un mode de vie plus sain. Elle m'apprenait à prendre le temps de manger, moi qui avais toujours grignoté sur le pouce, à respirer, à écouter sa propre musique intérieure. Je voyais bien qu'elle passait un cap dans sa vie de femme, mais elle ne mettait pas de mots sur ce qu'elle vivait. Pourtant, je n'avais plus aucun doute : elle me cachait quelque chose. La Maison Jaune était certes en danger, mais maintenant, elle partageait ce poids avec nous. Elle avait été très éprouvée par le grave accident de James, mais il était désormais sain et sauf. Et sa propre carrière s'envolait puisqu'elle était demandée aux quatre coins du monde. Malgré tout cela, régulièrement, sans raison apparente, ses yeux perdaient de leur éclat et elle s'éteignait. J'ai tenté à plusieurs reprises des « Tu vas bien Millie ? », « Je te sens préoccupée, on peut en parler si tu veux », mais je n'obtenais pour seule réponse que des silences gênés. Je n'ai pas insisté, et j'ai attendu qu'elle vienne m'en parler d'elle-même.

***

Enfin arriva le matin de mars où nous avions ce rendez-vous tant attendu à la mairie de Sintra avec José das Dores Ferreira. James était rentré spécialement pour l'occasion. Il était arrivé la veille, tard. Je ne le vis qu'au moment de notre départ, aux côtés de sa sœur et de Henry.

Dans le bureau de l'adjoint à l'urbanisme, nous attendîmes une bonne demi-heure en trépignant d'impatience. Visiblement, il n'était pas pressé de nous recevoir. Quand Monsieur das Dores Ferreira arriva enfin dans la pièce austère, nous sortîmes le grand jeu, larges sourires et franches poignées de main. Notre détermination était palpable avant même d'entamer toute conversation. L'homme, petit, le ventre proéminent, les cheveux très courts peignés sur le côté, se racla la gorge avant de prendre la parole d'une voix hautaine.

— Écoutez, j'ai épluché votre dossier. Il est, certes, intéressant, mais vous devez comprendre que les parcelles que vous occupez sont stratégiques. Nous recevons régulièrement des propositions sérieuses de groupes privés. En tant qu'élu, j'ai pour mission de moderniser l'image du territoire à travers des bâtiments emblématiques situés sur des terrains idéalement placés.

Nous étions menacés par une idéologie libérale. Le profit d'abord. J'en avais la nausée.

— Aujourd'hui, nous avons un professionnel de grande renommée au Portugal qui souhaite lui aussi faire rayonner la ville. Cet investisseur a une vision, et il n'en a pas changé malgré les dégâts provoqués par l'incendie. Tous ceux qui ont déposé un dossier ont reculé face à ce désastre, qui a modifié le paysage pour des années. L'homme en question, lui, sait que la nature va reprendre ses droits. Et il n'en est pas à son premier complexe hôtelier. Il a de l'expérience et son budget sera à l'équilibre rapidement, grâce à la réputation de Sintra. Je suis certain que vous pouvez trouver un emplacement plus propice à vos projets sur la côte. J'en ai parlé au maire. Il est prêt à contacter ses relations pour vous permettre de mener à bien votre entreprise ailleurs...

Le dernier mot tomba comme un couperet. En un rien de temps, sans aucun échange, il était passé de l'introduction à la conclusion. À ce stade, je ne pouvais me résoudre au silence.

— Monsieur das Dores Ferreira, avec tout le respect que je vous dois, sachez que James et Millie Allen sont propriétaires de la Maison Jaune et de toutes les maisons qui la jouxtent. Les abords du parc de 2 hectares ne peuvent être en aucune façon modifiés sans le consentement des propriétaires. Et ces derniers, ici présents, veulent justement agrandir le terrain.

— Madame, êtes-vous leur avocat ? rétorqua-t-il.

— Non, mais je suis ici en tant que représentante des résidents du lieu, affirmai-je sans sourciller, plongeant mon regard dans le sien.

Il me toisa de la tête aux pieds.

— Madame, je vous prie de laisser les propriétaires s'exprimer directement, lança-t-il. Ils devraient être en mesure de parler en leur nom. En plus, de toute évidence, vous ne maîtrisez pas ce dont vous parlez.

Ce macho aux airs pédants de petit baron faillit me faire sortir de mes gonds. Si Millie ne m'avait pas fait signe de lui laisser la parole, je serais sûrement devenue insolente. Je choisis de ne pas compromettre notre défense et ravalai ma rage. James tenta de contourner le problème en l'amadouant. Mais c'était peine perdue. Il se moquait bien de l'avenir de notre Maison Jaune. Seul lui importait le pouvoir de l'argent. En trois quarts d'heure, la discussion n'avait en rien évolué et ses propos devinrent même menaçants.

Nous étions venus pour obtenir son soutien afin de renforcer notre dossier et de trouver plus facilement des mécènes. Nous repartîmes têtes basses et odieusement frustrés, sans nous retourner. Qu'allions-nous annoncer aux autres à notre retour ? Ils allaient être suspendus à nos lèvres dans l'attente d'une nouvelle réjouissante. Dans la voiture, James, l'œil sombre, conduisait machinalement. Mais il n'était pas de ceux qui se laissent abattre par la fatalité. Il sortit de sa poche une pierre qui brillait de mille feux. C'était une magnifique émeraude, qu'il venait d'acquérir en Amazonie après y avoir revendu d'autres pierres. Il me la posa délicatement dans la main. Elle était brûlante. Millie me tendit sa main, je la lui remis, puis elle la passa à Henry, qui la rendit à James. J'aurais aimé mettre des mots sur ce qui se passait, mais, de toute évidence, j'étais la seule à éprouver ce besoin. Alors je me tus et laissai les vertus de la pierre agir.

Après l'annonce de la mauvaise nouvelle aux résidents de la Maison Jaune, chacun retourna à ses occupations, fort déçu évidemment. Je pouvais presque entendre leurs pensées, motivées par la peur. Ils s'imaginaient peut-être devoir repartir de zéro, isolés dans un appartement ou une maison, orphelins de la communauté.

Les jours qui suivirent, les bruits matinaux donnèrent raison à nos craintes. Des tracteurs et des marteaux-piqueurs s'en donnaient à cœur joie aux abords immédiats de notre terrain. Notre concurrent n'avait pas encore les autorisations nécessaires, mais cette tentative d'intimidation portait ses fruits. Notre moral était sérieusement atteint. L'ennemi était virulent et avait la mairie de son côté.

Mais Henry, Adriano, Millie, James et moi nous devions de ne pas plier. Nous nous sommes donc à nouveau réunis tous les soirs dans la pièce de travail remplaçant la salle de coworking, que nous avions dû bien vite libérer pour ceux qui avaient besoin de se concentrer. Enfermés durant des heures, nos neurones s'échauffaient. Souvent, à minuit, James, quand il nous faisait l'honneur de rester quelques jours, en était à son cinquième café. Henry attaquait le whisky. Millie, elle, restait pensive. Je la fixais, avec le pressentiment qu'elle avait quelque chose en tête. Effectivement, je ne me trompais pas. Un soir, elle esquissa un sourire avant d'annoncer :

— Hé hé. J'ai un plan, *my friends.*

Elle faisait durer l'attente pour bien choisir ses mots.

— On a imaginé faire un écolodge sur une idée de Salomé. Mais en fait, nous n'avons pas vu assez grand.

— Ah bon ? hoqueta James. On s'est carrément aventurés dans le luxe, avec des matériaux à des prix fous !

— Ce n'est pas de cela dont je parle. Je n'ai rien contre le luxe. Mais avoue que la Maison Jaune offre une tout autre richesse… Nous devons conserver cet esprit justement, et ne pas le diluer dans un concept touristique à la mode, avec piscine non traitée et serviettes de bain en coton bio coûtant 200 euros chacune !

— Te voilà bien critique, tout à coup ! lui dis-je. Je croyais que tu étais fan de notre idée d'écolodge ? On a imaginé un restaurant haut de gamme, des activités pour les familles et d'autres choses encore qui semblaient tenir la route et être en phase avec nos valeurs.

J'étais un peu remontée contre sa soudaine volte-face et le ton qu'elle adoptait. Elle me répondit :

— Mais je ne dis pas le contraire. Du calme ! Tu as les nerfs à vif et tu ne me laisses même pas poursuivre… Je remets juste en question l'angle touristique et l'idée de transformer la Maison Jaune en hôtel de luxe. Ce n'est pas notre domaine. C'est le tien sûrement, et ton savoir nous est plus qu'utile, mais au fond, est-ce véritablement notre souhait ?

— Effectivement, ce n'était pas notre objectif premier, lorsque nous avons acheté la maison, reconnut James.

— Bon, alors, reprenons au début. Si je vous dis art, technologie, entrepreneuriat, recherche... Ces mots vous font-ils vibrer ?

En chœur, nous nous regardâmes, surpris.

— Bien. Un lieu un peu *crazy* destiné à mettre la créativité au service du bien commun, ça vous parle toujours ?

Elle faisait durer le plaisir, qui virait au supplice.

— Imaginez un endroit collaboratif, où les gens de toutes cultures, de toutes générations et de toutes disciplines travailleraient ensemble sur des projets concrets. Ils viendraient ici pour échanger des idées, des initiatives, tester leur concept. Ils auraient tous à cœur de changer l'état d'esprit dans leur domaine respectif. Aujourd'hui, beaucoup viennent à la Maison Jaune pour avancer sur leur projet tout en pratiquant le surf et en se ressourçant. Mais les événements nous poussent à penser différemment. Des artistes, des leaders et des *changemakers*[3] viendront expliquer ici comment transformer l'individuel en universel. La révolution numérique redéfinit les communautés, nous permet de nous connecter aux autres à travers le monde entier, encore plus, encore mieux, ce qui contribue à notre exploration de qui nous sommes, chacun. C'est cette promesse qu'il faut défendre tous ensemble.

— Millie, tout sonne juste, répondit sans détour Henry. Tu as touché du doigt ce vers quoi nous devons nous orienter. Il y a trois ans, je suis venu à la Maison Jaune pour changer de cap. J'ai choisi de vivre l'aventure avec vous. Désormais, ensemble, nous allons passer à la vitesse supérieure, sans perdre de vue la vocation de cette maison. Bien au contraire. En lui offrant un renouveau, nous allons explorer l'avenir !

3 - Visionnaires

— Ne vous emballez pas, intervint James. C'est bien joli, cette idée. Mais concrètement, ça donnerait quoi ?

James, avec son esprit cartésien, ne perdait jamais de vue la faisabilité de toute aspiration. Comme une pierre à l'état brut, elle nécessitait d'être observée à la loupe pour déterminer sa valeur, avant d'être travaillée et ciselée dans les moindres détails pour révéler toute sa beauté.

— Attends, nous n'en sommes pas là, objecta Henry. Notons tout ce qui nous vient en tête avec cette nouvelle piste. Ensuite viendra le temps de rentrer dans le vif du sujet. Effectivement, nous devons plonger sans demi-mesure dans ce monde de la robotique, de l'intelligence artificielle ou de la réalité augmentée. Nous devons accompagner la mutation qui est en cours et devenir un accélérateur de prise de conscience. C'est l'avenir, et pour ne pas en avoir peur, pour ne pas que l'homme se mette en danger avec ces technologies, nous devons créer un espace pour permettre aux chercheurs d'avancer.

Henry avait toujours été fasciné par les nouvelles technologies, mais il n'avait jamais exploré ce domaine autant qu'il l'aurait souhaité. Là, devant ce possible virage, son cœur s'emballait. Il poursuivit :

— Pour que nous soyons un véritable laboratoire du changement, nous devons générer des revenus, mais surtout, de la valeur environnementale et sociale. Les innovations de rupture qui seront testées ici, localement, pourront être financées et accélérées pour se répandre dans le monde. Notre concept sera encore plus international, plus éclectique et donc encore plus attractif.

— Excusez-moi, grommela James en se levant, mais je n'y vois plus très clair. Je crois que je vais aller dormir. Tout ceci me paraît un peu trop utopique à cette heure.

Le voyant joindre le geste à la parole, l'adrénaline m'envahit. Sans dire un mot, j'abandonnai mes amis et courus après lui. Dans la nuit profonde, j'explosai littéralement :

— Tu es sérieux ? Tu nous lâches en plein milieu de la conversation ! Millie a une idée géniale et toi, tu files te coucher !

Je ne me reconnaissais pas. J'avais conscience de m'en prendre à James pour évacuer les tensions accumulées. Mais j'avais tout quitté pour venir vivre ici, et l'incertitude quant à notre avenir devenait intenable.

— Écoute, je suis fatigué de cette situation. Le plan de Millie est grotesque. Certes, cela peut faire rêver, mais qui voudrait investir dans un plan aussi idéaliste ?

— Je ne te reconnais pas ! Si Millie et toi n'aviez pas été un peu fous, la Maison Jaune n'aurait jamais vu le jour. Et il est vital de passer à un autre stade, que tu le veuilles ou non. En fait, tu ne veux rien changer, tu préfères que tout reste figé dans la pierre.

— Salomé, tu dépasses les bornes ! Je vais me coucher.

Nous venions de vivre notre première dispute. Excédée, je décidai d'aller marcher malgré l'heure avancée, puis je revins m'asseoir sous un olivier, à l'arrière de la maison. Je pris enfin le temps, les yeux fermés, de repenser à ces derniers mois, à l'enchaînement des semaines écoulées. Ma vie allait-elle vraiment se poursuivre ici ? Ce soir, j'en doutai et je m'étonnai de remettre si vite en question cette transition que je vivais depuis des mois. J'étais pourtant forte des liens tissés.

Si la Maison Jaune devait fermer ses portes, je serais amenée à vivre loin d'ici, dans un ailleurs inconnu. Je me concentrai sur la musique de Pacôme, qui irriguait les plantes qui m'entouraient, et cela me sortit progressivement de mon état. Tout était calme aux alentours. La nature se régénérait au rythme des sons qui se libéraient dans l'air. Je fermai les yeux un instant, qui dura peut-être une éternité. Je pensai au piano de Pacôme, à ces mélodies qui s'étaient imprégnées en moi et m'avaient rendue vivante. Comme elles le faisaient avec les végétaux. Henry m'avait expliqué que les fréquences musicales favorisaient le processus de croissance et de développement, prévenait les maladies, et stimulait la résistance au stress. J'en étais directement témoin. Ici, dans le jardin, j'avais l'impression que tout se régulait dans mon corps.

Quand j'ouvris les paupières, je découvris James assis devant moi. Il me fixait, ce qui me désarçonna.

— Accepte mes excuses pour tout à l'heure. Je me suis emporté bêtement. Tu as raison, j'ai du mal à lâcher l'idée que je me fais de la Maison Jaune. Et...

Je le laissai poursuivre, résolue à ne pas répondre. La colère était tombée, mais non mon agacement.

— Je m'en veux. Comment puis-je m'excuser ?

À mesure qu'il parlait, il se rapprochait. Bien malgré moi, le visage de Clément resurgit de ma mémoire. Je revis ses mâchoires prononcées, son regard sombre, son air méprisant. Mes mécanismes de défense s'activèrent immédiatement et mon corps se mit en vigilance extrême. Toute forme d'insécurité m'était devenue insupportable.

— Et si je te disais que j'ai peut-être un plan, reprit James, accepterais-tu de me reparler et de refaire sourire ces jolies lèvres ?

Je m'étais trompée sur ses intentions, j'en fus confuse...

— Bon, je me lance malgré ton manque d'encouragement. Te souviens-tu de mon client émirati, passionné de pierres précieuses et plus particulièrement d'émeraudes ? Celui pour lequel je m'absente deux semaines par mois ? Il est très fortuné, tu t'en doutes, et nous commençons à sympathiser. Je sens qu'il est notre homme, notre futur investisseur. Avec lui, les portes vont s'ouvrir et notre nouveau projet pourra peut-être voir le jour...

Je relevai vivement la tête :

— Tu veux dire que tu comptes mêler les Émirats arabes à notre projet ? Bonjour l'éthique !

— Ah, elle est bien bonne celle-là ! Dans ce monde capitaliste, comment peut-on mener à terme des projets d'envergure en rejetant complètement le système ? Il faut au contraire être malin, et utiliser l'argent de ces pays au profit de causes nobles. Sinon, d'autres en profiteront, beaucoup moins bien intentionnés que nous... Crois-moi, j'ai tourné et retourné cette idée dans ma tête avant de t'en parler. Acceptes-tu d'étudier mon approche ? Je n'en ai pas encore parlé à Millie.

Il se faisait tard. J'avais l'esprit trop embrouillé pour évoquer un sujet aussi lourd. Les Émirats, ce n'était pas ma spécialité, loin de là. Mais au moins, James ne rejetait plus la proposition de Millie. M'être opposée à lui et avoir affirmé ma position ne me déplaisaient pas, même si ma réaction avait été excessive. Je m'imposai l'épreuve du feu dans les minutes qui suivirent : passer outre mes réflexes de défense, ne pas me laisser dominer par mon cerveau reptilien, qui s'était mis à une vitesse fulgurante en mode « danger » face à cet homme. Et j'y parvins. Lorsqu'il tendit la main pour la passer tendrement dans mes cheveux et sur ma joue, sans chercher à aller plus loin, je ne me dérobai pas. Je me sentais à l'abri avec lui. Il avait compris ma fragilité, d'où je venais, et il le respectait.

***

Lettre à mon arbre de Jade

Je suis prête. La mue est terminée. Joie. Légèreté. Insouciance.

Je veux vivre ici pour toujours.

Mais je ne suis pas dupe. La femme blessée en moi peut resurgir très vite. La scène avec James me l'a bien rappelé. Toutes mes plaies ne sont pas complètement pansées. Il le sait. Mais je peux me montrer devant lui telle que je suis. Je ne suis plus seule.

PARTIE 3

LES ÉTINCELLES

10.

« Nous vivons dans un monde
où nous devons nous cacher pour faire l'amour,
alors que la violence se pratique au grand jour. »

Par ses solides arguments et son talent de persuasion, James nous avait convaincus de passer outre nos réticences envers les Émirats arabes. À son avis, c'était la seule issue pour offrir un futur à notre projet. Les Émirats cherchaient plus que jamais à diversifier leur stratégie financière pour être moins dépendants de la manne gazière. Ils planifiaient depuis plusieurs années la sortie d'une économie basée uniquement sur le pétrole et le gaz. Et les domaines porteurs de la recherche et de l'innovation les attiraient particulièrement.

De mon côté, j'avais eu d'instinct des réticences. Le statut des femmes me heurtait. Je trouvais incohérent de faire financer la transformation de la Maison Jaune par un pays qui n'était pas démocratique et où la représentation de la moitié de l'humanité était toujours reléguée au second plan. Mais ces états avaient, d'après James, amorcé un tournant. L'époque changeait. Des femmes entraient au gouvernement et elles étaient de plus en plus nombreuses à se déplacer non voilées ou à conduire seules. Cependant, tout n'était pas si clair à mes yeux. Mais qui peut se targuer d'avoir toujours des pensées et des actes en totale cohérence ? Dans ce monde, il faut négocier avec ses propres paradoxes. C'est le seul moyen d'arriver à ses fins. Pour James, tout reposait sur la lucidité et la prise de recul. Il fit le parallèle avec le monde des pierres précieuses, pas toujours bien net. Il aurait pu être découragé par certaines pratiques mafieuses, comme il me l'avait raconté dernièrement, mais il passait outre, sa passion puisant sa force dans la beauté sans égale dont sont porteuses les pierres.

***

Il n'avait pas fallu longtemps à cette personne des Émirats arabes — il s'appelait Samir Ajman — pour atterrir à Lisbonne avec son jet privé. Il arriva le 2 mai exactement, vêtu d'un costume d'un blanc immaculé et d'une veste en velours assortie. Mince, la cinquantaine à peine, les cheveux gominés, il portait une barbe de trois jours et des lunettes d'aviateur Cartier. Ses cheveux bruns tranchaient avec le blanc de sa tenue.

James était allé le chercher à l'aéroport. Tous les habitants de la Maison Jaune se tenaient devant la façade pour accueillir Samir. Les présentations faites autour d'un verre, sur la terrasse du haut, il ne cessa de parler de lui, de ses réussites et de ses projets pharaoniques. Son ego assoiffé de reconnaissance trahissait son manque de confiance en lui. Mais James l'avait bien cerné et il le félicitait sans en faire trop, en restant lui-même. Je m'étonnai de l'assurance avec laquelle il s'adressait à notre mécène potentiel. Mais je compris assez vite que c'était exactement ce que recherchait Samir : quelqu'un de direct et de compétent, qui ne faisait pas de pirouettes ou de simagrées pour profiter de sa fortune. Samir avait prévu de rester une journée et une nuit, le temps que nous lui montrions en détail notre projet et que nous lui fassions visiter les environs. Nous lui avions réservé la meilleure chambre à l'étage. Après un repas copieux — il avait tenu à dîner au milieu de nous tous dans la grande cuisine —, il lança :

— Qui vient avec moi terminer la soirée au casino d'Estoril ?

Interloquée, je fis grise mine, puis j'entendis James dire : « Moi ! », suivi par Millie, Henry et Adriano. Je me dis que c'était donc le moment de retourner dans cet endroit, que je n'avais qu'entraperçu à mon arrivée à Lisbonne. Aucun de nous ne connaissait cet univers, du moins je le croyais. Mais quand je vis James s'asseoir avec aisance à une table et miser sans hésiter, je compris qu'il y avait bien des facettes de lui que je ne connaissais pas encore. C'est ainsi que j'appris à jouer de l'argent, dans les lumières du casino défraîchi où était né le personnage de James Bond. D'ailleurs, je tentai, dans la soirée, d'en savoir plus sur l'auteur, mais Millie m'avait déjà prévenue : « Le casino ne fait aucun effort pour honorer son histoire et redorer, ne serait-ce qu'un peu, son faste passé. » Samir se montra jovial, galant et heureux d'être avec nous, si bien que nous étions très à l'aise en sa compagnie.

Le lendemain, nous avons pu enfin aborder le sujet qui nous tenait tant à cœur. Samir étudia les plans et prit le temps d'y réfléchir en silence. Nous l'observions, épiant le moindre signe pouvant révéler son approbation. Mais il ne laissait rien transparaître. Quand il demanda à James le business plan, le budget prévisionnel et un rétroplanning des travaux, il les lui fournit immédiatement. Tout était prêt. J'avais longuement travaillé sur une présentation en images, où chacun était intervenu en fonction de son expertise.

Nous étions tous si concentrés, nous avons manqué le déjeuner. En milieu d'après-midi, nos estomacs crièrent famine. Samir déclara qu'il avait tous les documents nécessaires en main, et qu'il allait les analyser jusqu'au soir afin d'appréhender le programme dans sa globalité. Il demanda à emprunter la voiture de James et nous salua rapidement. Nous redoutions les heures qui allaient suivre. D'un regard, nous nous comprîmes : une session de surf s'imposait.

Comme souvent, nous prîmes la direction de Guincho, mais la mer était très agitée. Les garçons décrétèrent que les vagues étaient trop dangereuses. Nous nous sommes donc contentés d'une marche très ventée pour calmer nos esprits.

Arriva enfin le moment d'affronter les conclusions de Samir. Quand nous avons atteint la Maison Jaune, à 19 heures, il nous attendait assis sur le perron, le visage sans expression. Je frémis en le voyant. C'était plié. Il ne nous suivrait pas dans ce qui lui apparaissait sans doute comme une pure folie. James descendit de la voiture en premier, affectant le détachement. Samir se releva péniblement, comme s'il souffrait d'un lumbago. Il portait ses lunettes Cartier alors que le soleil n'éblouissait plus à cette heure de la journée. Il les releva sur sa tête, et prit une grande inspiration avant de dire :

— Ah, mes amis, j'ai mieux compris vos attentes. Autant vous dire qu'elles sont élevées. Bien plus que je ne l'aurais imaginé. J'ai passé quelques coups de fil pour recueillir des avis fiables.

James, parvenu à la même conclusion que moi, coupa court. C'était une torture de le laisser parler aussi lentement.

— Merci, Samir. Vous avez pris du temps sur votre agenda en venant d'aussi loin nous rendre visite.

— Laissez-moi poursuivre, James. Comme je le disais, j'ai parlé à des personnes qui me sont chères. Et...

Il ouvrit grand les bras comme s'il était le messie.

— Venez m'enlacer, mes amis de Sintra. Avec vous, je vais m'amuser. Nous allons apporter notre touche à un monde qui a grand besoin d'être repensé.

— Vous êtes sérieux, osa demander Millie. Vous… nous suivez alors ?

— Mais oui, absolument ! Je vous suis à fond !

Les émotions nous submergèrent. Cris, applaudissements, embrassades… Le repas du soir promettait d'être animé.

Nous allâmes sur la terrasse fêter la nouvelle autour de vins de la région. Entre-temps, James fit un détour par sa chambre. Pour remercier notre hôte et désormais mécène, il lui remit l'émeraude qu'il nous avait montrée lors de notre premier rendez-vous à la mairie de Sintra. Dans la pénombre éclairée par les bougies, j'avais l'impression que la pierre rayonnait de l'intérieur. Samir, pourtant habitué au faste et au luxe, fut surpris. Après de longues minutes d'admiration silencieuse, il murmura : « C'est une pure merveille. »

— J'en ai fait l'acquisition en Afghanistan, dans la vallée du Panchir, indiqua James. Elle n'a subi aucun traitement, et vous pourrez admirer demain matin, à la lumière du jour, sa couleur électrique. Je vous donnerai bien sûr son certificat.

James paraissait aussi ému que s'il parlait de son propre enfant.

— Samir, acceptez-la comme symbole de notre alliance future. Nous allons créer un lieu unique, qui aura du sens et brillera comme cette magnifique pierre.

— Merci mon ami, les mots me manquent.

— Allez, nous avons du pain sur la planche ! conclut James. Maintenant que Samir nous assure le financement de la Maison Jaune, nous devons redoubler d'efforts pour nous battre contre les autorités et décrocher notre permis de construire.

La soirée s'annonçait studieuse. Je m'occupai de faire des plateaux-repas et nous filâmes dans la salle de travail.

— Quoi ? Mais tu veux rire ? s'étonna Henry. On ne peut pas faire ça à Samir. Il repart demain. On pourrait quand même dîner dans un bon restaurant, non ?

— Merci, Henry, de penser à moi, répondit Samir en souriant. Mais je partage l'enthousiasme de James et veux vous aider dès ce soir. Nous allons avoir beaucoup d'autres occasions de nous revoir.

Plus je regardais Samir agir, plus je le trouvais d'une grande classe derrière son côté bling-bling. J'étais impatiente de le connaître mieux, de découvrir sa vision du monde, de lui poser des questions sur l'évolution de son pays et de sa culture. Mais comme il l'avait dit à Henry, nous aurions de nouvelles opportunités pour échanger sur tous ces sujets.

Samir catalysait nos réflexions. Il était sur la même longueur d'onde que nous, et nous n'avions donc aucune difficulté à tomber d'accord. L'équipe était soudée, les membres se complétaient, l'état d'esprit était positif et donc prometteur.

***

Au final, un écrin inédit se profila : un lieu de vie connecté, dédié à la création, au développement et à l'inventivité. Nous avions l'intention de faire construire plusieurs structures, à l'architecture futuriste, autour des habitations existantes, sur les 2 hectares que nous possédions. La Maison Jaune serait le bâtiment réservé à l'accueil. Il nous fallait donc rallier l'adjoint à l'urbanisme de Sintra à notre cause afin d'obtenir l'indispensable autorisation de construire. Comme les manœuvres d'intimidation de l'investisseur concurrent se poursuivaient, cela signifiait qu'il se sentait pleinement soutenu par la mairie. Si nous parvenions à convaincre Monsieur das Dores Ferreira, il allait devoir se dédire et retourner sa veste.

Il nous fallait aussi trouver une appellation plus internationale que la « Maison Jaune ».

— Je propose *Yellow* ! lança Millie sans hésiter.

Et ce nom *Yellow* s'imposa spontanément, telle une évidence, et fut accepté à l'unanimité. Il était compréhensible par toute personne possédant des rudiments d'anglais.

On y viendrait pour imaginer, apprendre, et faire l'expérience du monde de demain. Nous voulions attirer des étudiants, des scientifiques, des entrepreneurs, des politiques, des artistes, mais aussi des enfants afin d'expérimenter avec eux et pour eux, car ils nous ramènent toujours à la réalité. *Yellow* serait un incubateur d'idées, proposerait des conférences, des séminaires, des expositions, un lieu pour séjourner, des espaces collaboratifs, une salle pour faire tous types de sports, une grande piscine. La médecine préventive n'en serait pas exclue.

Pour recevoir dignement des artistes, nous devions prévoir plusieurs salles dédiées à leur création. Des scientifiques de renom s'étaient déjà montrés intéressés par notre philosophie. Beaucoup se concentraient sur l'objectif zéro carbone et voulaient développer des technologies pionnières. Ils redoublaient d'inventivité pour renoncer au charbon, au gaz naturel et au pétrole, et favoriser l'électricité propre. Ils avaient besoin d'un espace propice pour se retrouver, échanger dans un esprit de collégialité, et plusieurs nous avaient appelés pour connaître les modalités de résidence. Ils se passaient le mot.

Nous allions ainsi réunir des personnes conscientes des enjeux actuels, tout en mettant l'accent sur l'alliance fructueuse entre détente et réflexion.

C'était notre idée initiale, mais tellement plus audacieuse. À cet instant, tout nous semblait possible. Financés et soutenus par Samir, qui allait pouvoir nous résister ? En plus, l'économie portugaise témoignait d'une impressionnante vitalité. Enfin libéré du carcan de la politique d'austérité et d'immobilisme menée pendant quarante ans par Antonio de Oliveira Salazar, le Portugal voyait les salaires augmenter, les entreprises reprendre confiance, sans parler des investisseurs qui prenaient à nouveau des risques, après la crise de 2008. Des stars internationales s'y installaient. Le pays avait fait le choix de la relance par la demande et de l'amélioration des protections sociales. C'était, en Europe, un modèle de redressement par le haut. L'optimisme du moment était plus puissant que l'incendie dévastateur de l'été. Pour les esprits cependant marqués, il était un baume tout à la fois apaisant et stimulant, qui permettait de se tourner vers l'avenir en construction. Notre ambition tombait à point nommé, ce qui n'avait pas échappé à Samir et à son réseau d'amis et de financiers.

Quand le dossier fut bouclé, après examen à la loupe par notre homme et ses conseillers, il ne fallut pas moins de trois mois pour faire coïncider au mieux nos ambitions et la réalité économique.

***

L'adjoint à l'urbanisme de Sintra accepta de nous recevoir une seconde fois, et les conditions étaient très différentes de la première. Nous n'avions pas manqué de le prévenir que nous serions accompagnés d'experts des Émirats arabes. Samir avait fait le déplacement avec deux d'entre eux. S'ils convainquaient Monsieur das Dores Ferreira, qui avait abandonné ses airs dédaigneux, nous allions assister en direct à une belle volte-face. Il avait fait apporter ses meilleurs cigares, et du whisky nous attendait dans son bureau qui sentait la sueur. Mais nous devions faire allégeance. C'était l'homme clé pour nous mener aux élus de la région et nous permettre d'obtenir les autorisations nécessaires.

En ce beau début de mois d'août, je découvris James sous un autre jour, en beau costume bleu marine et plein d'entregent. Samir arborait toujours un ensemble blanc. Henry n'avait pas voulu « se déguiser », avait-il dit. Cela lui rappelait trop son ancienne vie à la City. Un bermuda de ville beige et un tee-shirt gris faisaient l'affaire. Millie portait une robe longue noire décolletée et des boots malgré l'été. Avec les cheveux détachés, la frange blanche mise en avant et les tatouages exposés à la vue de tous, la gitane en elle s'imposait. Quant à moi, j'avais ressorti le seul tailleur que j'avais gardé de Paris. Sa couleur taupe me paraissait bien fade désormais, mais il était approprié pour affronter notre interlocuteur bedonnant.

Contrairement à notre premier rendez-vous, expédié, celui-ci dura plus de deux heures. Mais il fallut attendre les trente dernières minutes pour pouvoir entrer vraiment dans le vif du sujet. Le temps écoulé n'avait servi que d'introduction, durant laquelle l'adjoint avait aligné lieux communs, plaintes concernant l'incendie de l'été et les tensions entre les élus locaux. Polis, nous avions acquiescé à tout ce qu'il disait, tandis que des blocs de cendres se détachaient de son gros cigare et tombaient à même le parquet mal ciré. Tout cela m'irritait à l'extrême, mais je n'avais pas oublié la façon dont il m'avait cloué le bec quatre mois plus tôt. Comme j'avais bien mesuré son degré de misogynie, je me mis dans la peau de la femme qui ne fait pas de vagues et qui laissent les hommes entre eux.

Samir se permit de le couper après avoir refusé pour la troisième fois le verre de whisky que Monsieur das Dores Ferreira lui tendait avec insistance — le gros balourd n'avait pas compris que Samir ne buvait pas d'alcool. Il connaissait le dossier sur le bout des doigts et ne laissait rien au hasard. Ses mots étaient pesés, et sa posture physique en adéquation avec sa communication. Imparable. James et les deux conseillers émiratis, pour leur part, apportaient les précisions techniques. Henry, Millie et moi faisions tapisserie. Nous avions accepté ce contrat tacite pour la bonne cause.

Samir, pour en finir, avança avec une politesse extrême :

— Cher Monsieur das Dores Ferreira, vous comprendrez aisément pourquoi je me suis déplacé. Je sais que vous aimez ce projet et que vous le défendez parce qu'il est le bienvenu pour cette région. D'autant que son économie est très affectée par le dernier incendie, comme vous nous l'avez si longuement expliqué. Il ne fait aucun doute que permettre un tel financement est de bon augure pour votre avenir politique. Et vous savez combien nous autres, Émiratis, savons exprimer notre reconnaissance.

— Monsieur Ajman, c'est un honneur pour nous, et nos amis de la Maison Jaune ont beaucoup de chance d'avoir votre appui. Comptez sur moi pour porter le dossier le plus loin possible.

L'intervention de Samir avait fonctionné à merveille. Les portes de notre rêve s'ouvraient enfin ! Millie et moi laissâmes échapper un petit cri étouffé. Samir nous enjoignit de rester discrètes. James conclut la réunion par une poignée de main ferme après avoir demandé en quoi consistait la prochaine étape. L'élu répondit qu'il allait organiser une grande réunion dans les quinze jours prochains, en présence cette fois du maire, du président de la Région et d'un maximum de décisionnaires. Sans même prendre la peine de chuchoter, il fit comprendre à Samir qu'il préférerait rester « entre hommes » la prochaine fois. Nous prîmes congé sans plus tarder. Une fois dans la rue, un regard entre nous suffit pour nous comprendre : les choses sérieuses ne faisaient que commencer. Nous attendîmes notre retour à la Maison Jaune pour laisser éclater notre joie.

11.

Mon rôle dans la société ou celui de n'importe quel artiste
ou poète est d'essayer d'exprimer ce que nous ressentons.
Ne dites pas aux gens comment se sentir.
Pas en tant que prédicateur, pas en tant que leader,
mais en tant que reflet de nous tous.

Les semaines passaient. La végétation repoussait lentement et redonnait peu à peu aux environs un aspect légèrement verdoyant. Nous arrivions à la fin de l'été. La canicule nous avait, cette fois, épargnés. Une petite pluie fine me frisait les cheveux et les plaquait d'une façon désagréable sur mon front et mes oreilles. Millie passait plus de temps au bord de l'océan que dans les dossiers. Elle partait de longues heures marcher et parfois je l'accompagnais, mais le plus souvent, je sentais qu'elle avait besoin de rester seule. James faisait des allers-retours entre le Brésil, la Birmanie, Madagascar, quand ce n'était pas en Afrique. Il s'absentait de moins en moins longtemps pour aider sa sœur face aux divers entrepreneurs et interlocuteurs impliqués dans nos projets, comme les banques et la mairie de Sintra. De mon côté, je poursuivais ma formation auprès de sa sœur quand elle était disposée à me consacrer du temps. Je prenais entre autres contact avec de potentiels partenaires. L'un d'eux attirait particulièrement mon attention.

Il s'agissait d'un zoologue allemand passionné de chevaux, qui souhaitait venir nous faire découvrir une technique qu'il avait développée. Dans son dossier, il expliquait vouloir « déployer sa méthode à travers des points relais dans le monde ». Il n'en avait pas au Portugal, et notre lieu lui paraissait en adéquation avec son projet. Son cheval avait des capacités thérapeutiques particulièrement reconnues dans de nombreux domaines, notamment auprès des enfants et des personnes en souffrance, et il pouvait aussi guider ceux ou celles en quête de réponses précises sur tel ou tel aspect de leur existence. Il évoquait le leadership, la santé, l'équilibre familial… Tous les thèmes fondamentaux de l'existence pouvaient être abordés avec son animal, sans qu'il soit nécessaire de se mettre à l'équitation, puisque son approche ne nécessitait pas de monter sur son protégé.

Depuis que j'avais pris connaissance de son dossier, je ne voulais pas le lâcher. Je n'avais jamais fait d'équitation, mais les explications et les photos figurant sur le site me fascinaient. Toute la passion pour le cheval se ressentait à travers ces descriptions. Parmi les trente chevaux qu'il élevait, beaucoup avaient été sauvés alors qu'ils étaient sur le chemin de l'abattoir. Donc en plus, la cause était noble. Millie, face à cette fixation inhabituelle chez moi, m'encouragea à appeler le fondateur du centre équestre. Andrea résidait en Allemagne et avait un long parcours de cavalier. Sa voix enjouée, ainsi que son parcours atypique cautionné par de nombreux témoignages dans un livre qu'il avait publié un an plus tôt, achevèrent de me convaincre. Je l'invitai à nous rejoindre quinze jours plus tard. J'avais remarqué qu'ici, quand les choses devaient se faire, elles se produisaient rapidement. D'une nature impatiente, j'y trouvais mon compte.

Cette perspective me boosta. C'était le premier dossier que je prenais totalement en main. En m'éloignant de mon ordinateur, des enjeux liés à mon entreprise parisienne, de mon passé, je commençais à développer une vision de la vie à 360 degrés, et ce n'était pas pour me déplaire. Je me sentais entourée, complète. La nature, qui poussait abondamment sur notre terrain, contrastant fortement avec les alentours encore désolés malgré les débuts de repousse, était en miroir de mes journées florissantes. Le monde minéral, végétal, et bientôt animal faisait partie de mon nouveau bonheur.

***

Un samedi après-midi, après avoir appelé mes parents pour leur raconter les dernières nouvelles et programmer leur prochaine venue, je vis James dans le hall d'entrée. Il venait de déposer une nouvelle pierre dans la vitrine dédiée à ses gemmes. Il avait l'air préoccupé. J'allais lui parler du cheval, mais il prit la parole le premier :

— Ce Das Dores Ferreira tente par tous les moyens de retarder la validation de notre permis de construire. Il veut que le Portugal reste aux Portugais ! Et Samir m'a dit hier au téléphone qu'il avait « légèrement », fait frémir cet homme aux manières douteuses. Il n'est pas entré dans les détails et je n'ai pas voulu en savoir plus sur ses méthodes d'intimidation dans les affaires, mais cela m'inquiète un peu, car je dois être garant de son éthique.

— Hum, je comprends maintenant ta petite mine. Que sais-tu de son éthique finalement ? répondis-je, sans trop savoir comment aborder ce sujet délicat.

— Samir a joué un rôle clé dans le développement du secteur immobilier à Dubaï, et notamment des palaces. Mais il est aussi philanthrope. Il n'a pas hésité, l'année dernière, à verser 100 000 dollars à l'Unicef pour une campagne de vaccination contre la poliomyélite dans son pays. Il met visiblement une partie de son savoir-faire et de sa richesse au service d'un engagement humaniste. Et d'après la façon dont il a fonctionné avec nous, il s'investit fortement dans les projets auxquels il croit. Mais je ne voudrais pas avoir d'ennuis avec les autorités portugaises suite à cette conversation téléphonique.

— Il sait ce qu'il fait, ce n'est pas un débutant. Ne t'inquiète pas.

— J'ai peut-être l'air inquiet, mais toi, tu me sembles bien joyeuse !

Je ne résistai pas plus longtemps à lui parler de la venue prochaine d'Andrea :

— Millie m'a laissé la responsabilité de convier le créateur d'un projet étonnant basé sur des échanges avec un cheval. Le propriétaire arrive bientôt. Je sens que sa méthode est incroyable. C'est un Allemand, il s'appelle Andrea.

James resta silencieux. Il hocha la tête, et se remit à bien positionner les gemmes dans la vitrine, faisant comme si je n'étais pas là. Vexée et déçue, j'hésitai à aller trouver une autre personne avec qui parler de ce qui me tenait à cœur. J'allais partir quand James me dévisagea quelques secondes, qui me parurent une éternité avant de me dire d'un ton grave :

— Tu ne le sais sûrement pas, mais quand nous avons acquis la maison, j'ai tout de suite dit à Millie que j'aimerais avoir des chevaux dans cet environnement. Notre père, quand nous étions petits, avait un étalon fougueux. Nous l'avons rarement monté, mais j'ai toujours gardé une attirance particulière pour cet animal impressionnant. Millie n'a pas voulu aller dans mon sens, prétextant qu'elle ne voulait pas s'en occupait quand j'étais en voyage. Je n'ai pas insisté. Et voilà que tu arrives à la convaincre. Tu es… incroyable.

J'avais envie de continuer à l'écouter, de découvrir ces parts de lui qui m'étaient encore inconnues. J'étais troublée par cette révélation, de toute évidence autant que lui. C'est alors qu'il posa ses mains sur mes épaules, et planta son regard dans le mien :

— Sur la gauche de la maison, le long du mur, nous devrions pouvoir faire de la place pour installer un box, voire deux ou trois. Viens, je vais te montrer.

***

Les jours suivants filèrent très rapidement. Nous entrions dans une phase intense d'élaboration des projets avec un agenda très rempli. Je m'occupais pour ma part des partenariats, qui nous étaient indispensables. Henry nous aida pour l'emplacement du box. Mais il fallait également prévoir un manège. Et sur ce point, plusieurs habitants ne se ralliaient pas à ma cause aussi rapidement que je l'aurais voulu. J'avais beau leur dire qu'il nous fallait des animaux à *Yellow*, ils me rétorquaient qu'ils trouvaient l'idée bonne d'avoir des poules, des chats et des chiens, mais pas des chevaux ! Sans le soutien de Henry, de Millie et de James, Andrea ne serait jamais venu. James proposa un compromis : le zoologue pourrait venir, mais un peu plus tard, une fois les travaux avancés et le box construit. Ainsi, nous n'imposerions rien, et cela laisserait du temps à tous pour se rendre compte à quel point les chevaux, à force de conviction de notre part, pourraient être un bienfait pour la communauté et pour tous nos hôtes présents et futurs. Je ravalai mon impatience et me rangeai du côté de la raison.

***

Lettre à mon arbre de Jade

Andrea m'a appelée aujourd'hui. Nous avons longuement évoqué sa venue. J'étais dans le jardin et j'ai vu James. J'aurais mis ma main au feu qu'il était là depuis un moment et qu'il a entendu toute ma conversation. Il est temps de lui faire comprendre à quel point il compte pour moi. En serai-je capable ?

***

À partir de fin septembre, tout le monde fut mobilisé pour discuter de certains aspects des travaux qui seraient lancés dès le permis de construire obtenu. Nous nous rassemblions le lundi soir dans la grande cuisine, après dîner, et chacun pouvait s'exprimer. Nous étions en moyenne une trentaine de personnes. Les discussions étaient vives et parfois enflammées, mais elles finissaient toujours par aboutir à une vision partagée.

Lors d'une réunion hebdomadaire, il pleuvait et le ciel était bas, encombré. L'ambiance était positive, si bien que je choisis ce moment pour reparler du cheval et de l'approche d'Andrea en quelques mots. Je voulais juste montrer mon engagement et ma fierté d'être à l'initiative de cette nouvelle aventure, que j'avais tant hâte de planifier. Je ne pouvais donner une date fixe à Andrea, aussi je craignais qu'il se désintéresse de *Yellow* et qu'il aille proposer sa démonstration ailleurs, dans un autre endroit au Portugal, plus approprié. J'insistai sûrement un peu trop, sans m'en apercevoir. Soudain, Bob le développeur, les yeux brûlants, se leva pour parler. Jusqu'à maintenant, il n'avait pas été particulièrement loquace et était resté en retrait.

— Pour ma part, depuis le changement de cap et l'arrivée de Samir dans le projet, j'écoute plus que je ne parle. Mais maintenant, c'est très clair. Je laisse tomber. Je quitte Sintra !

Un silence consterné emplit la salle. Des regards interloqués se croisèrent. Nous le laissâmes poursuivre, debout devant nous tous :

— Je suis venu m'installer il y a trois ans à la Maison Jaune pour tester une nouvelle façon de vivre. Je ne savais pas si cela allait me plaire. J'étais à la recherche de sens dans ma vie. Et la plus grande surprise fut de découvrir une famille. Nous avons vécu les uns à côté des autres, dans le respect. Nous nous sommes retrouvés pour partager nos joies et nos peines. Et la taille de la Maison Jaune me convenait parfaitement. Ni trop grande ni trop petite. Nous étions jusque-là une trentaine de permanents. Nous nous connaissons bien. On ne peut pas évidemment s'entendre avec tout le monde, mais nous avons toujours su régler les problèmes naissants avec intelligence. Mais je dois dire que, réflexion faite, je crains de ne pas m'y retrouver dans notre nouveau positionnement. On va accueillir n'importe qui, des personnes qui peuvent faire des dégâts en imposant leur science. Cela devient trop grand, trop fou, trop innovant… J'aime la technologie si elle reste à ma portée. Je suis désolé… Je vais partir.

— Comment ? s'exclama James. Mais enfin, Bob, la Maison Jaune ne peut pas être ce qu'elle est sans toi ! Tu fais partie de l'aventure, au même titre que nous tous !

— Je te rappelle que tu as voté pour ce changement de cap, enchaîna Millie, alors ne quitte pas le navire avant même d'avoir vu ce que cela donne vraiment. Il s'agit de domaines dans lesquels tu es expert. Ta décision n'est-elle pas un peu précipitée ?

Bob n'avait pas tout dit. Et ce soir-là, il avait décidé de s'exprimer ouvertement. En fait, le problème était bien différent :

— Depuis que Salomé est arrivée, tout a changé ici… James et Millie, surtout. Salomé, tu n'es là que depuis un peu plus d'un an et, bizarrement, la Maison Jaune prend un tout nouveau virage. Et là, tu arrives la bouche en cœur avec ton envie soudaine de cheval. Nous sommes tes marionnettes, en fait. Je vous rappelle que nous avons investi de l'argent dans cette maison, tous autant que nous sommes, elle est à nous. Mais depuis plusieurs mois, j'ai l'impression qu'elle vous appartient et que nous ne sommes plus que des invités.

— Tu délires complètement, Bob, s'énerva James. Et Salomé n'est pour rien dans ce que nous traversons. Je te rappelle qu'après des semaines de réflexion, nous avons trouvé une solution et que tu as voté pour, comme l'a souligné Millie.

— C'est vrai. Mais alors, comment expliques-tu que Salomé remplace de plus en plus Millie ? Elle prend plein de choses en main maintenant et décide qui va débarquer, comme cet Allemand.

J'hésitais à prendre la parole. J'étais stupéfaite. Bob me tenait pour responsable de tout, sans aucune nuance. La perspective de nouveaux problèmes me déstabilisait complètement. Millie, je le voyais, était exaspérée.

— Bob, tu es devenu *crazy* ! Tu t'en prends à Salomé parce que tu as besoin d'un bouc émissaire ! Mais au cas où tu aurais la mémoire courte, je te rappelle qu'elle a tout quitté pour venir vivre ici avec nous. Ce n'est peut-être pas la plus ancienne du groupe, mais elle fait partie de la Maison Jaune autant que toi et moi. Et si nous n'avions pas cherché une autre issue pour ce lieu, à l'heure actuelle, nous serions obligés de nous éparpiller, à la recherche d'un nouveau refuge. Grâce à la bonne volonté de tous, il n'en est rien. Mieux : nous allons connaître une renaissance. Quoi qu'il en soit, je reste Millie, et Salomé reste Salomé. Si je la forme, c'est parce que j'ai beaucoup trop de responsabilités et qu'elle est parfaite pour le job, que ce soit par ses compétences ou par son expérience de chef d'entreprise. Suis-je assez claire ?

Personne ne dit mot. Seuls les moteurs des réfrigérateurs ronronnaient dans le silence pesant. James décida de reprendre les rênes de cet échange peu ordinaire.

— Bob, je ne te reconnais pas. Mais si tu veux partir, nous ne te retenons pas. Tu as le droit de changer d'avis. De là à lancer des accusations gratuites, il y a un fossé, et je ne peux pas te laisser passer ça. Encore moins quand il s'agit d'accabler Salomé qui n'y est pour rien !

Entendre James me défendre publiquement me réchauffa le cœur et atténua ma tristesse de me voir ainsi rejetée par Bob. Je n'avais pas vraiment d'affinités avec lui, mais j'avais noté qu'au début, il avait beaucoup recherché ma présence sans que je donne réellement suite. Et puis nous avions discuté à plusieurs reprises, vécu des instants complices dans le jardin, ou dans la cuisine lors de la préparation des repas. Ce soir, tout cela vola en éclat et je découvris son vrai visage. Ma déception fut cruelle.

— Il est temps de voter, poursuivit James. Comme c'est un sujet délicat, nous allons respecter l'anonymat. Nous devons savoir combien d'entre vous poursuivent l'aventure avec nous ou nous quittent.

La plupart des personnes présentes hochèrent la tête en signe d'acquiescement. Bob n'attendit même pas la suite des événements. Il se leva et quitta la pièce sans un mot. Désormais, il appartenait au passé de la Maison Jaune.

Il fallut une bonne heure pour mettre en place le vote puis découvrir le résultat du dépouillement. Je restai en retrait, ne sachant pas si d'autres allaient se liguer contre moi. Au fur et à mesure que Millie et James dépliaient les bulletins et découvraient les réponses, ils les lisaient à haute voix en tentant de conserver une expression neutre sur leur visage. Les « oui » étaient majoritaires, mais je fus surprise d'entendre une quinzaine de « non » malgré tout. J'étais si aveuglée par notre projet que j'en avais oublié les peurs qui pouvaient naître face aux changements, et plus encore face aux engagements financiers que nous étions en train de prendre.

***

Lettre à mon arbre de Jade

Cette nuit, un autre rêve inavouable. Je monte à cheval sur la plage de Guincho. Je suis nue. L'animal part au grand galop. Je prends le rythme, comme si j'en avais toujours fait. Et cela arrive sans prévenir, je ne peux me retenir. Devant la mer bleu gris, avec un bateau au loin, un plaisir intense monte de mon bassin jusqu'en haut de ma colonne vertébrale. Je sens monter en moi le désir de vivre, comme jamais.

12.

« L'amour est la réponse.
Quelle est la question ? »

Le lendemain, l'ambiance était étrange. Les résidents de la Maison Jaune s'observaient avec méfiance. Ce qui nous avait unis allait-il s'évanouir ? Personne ne savait qui avait voté « non ». La suspicion s'immisçait entre nous et peu à peu, le climat devint délétère. Les fondateurs avaient rêvé d'un lieu propice pour offrir le meilleur de soi, dépasser les différences et mettre en commun les talents de chacun. Mais soudain, personne ne sembla plus capable de prendre du recul, et les vrais caractères des uns et des autres se révélaient au grand jour. Lorsque le vent se met à souffler, que les vagues se font scélérates, il devient indispensable d'avoir du cran. Et je pus constater avec admiration que James, Millie et Henry n'en manquaient pas.

James traçait la voie pour tout le monde. Il ne montrait rien de ses doutes. Mieux, il avait l'air impassible, et je sentais qu'il prenait goût à manager les gens. Du matin au soir, sans jamais donner d'ordre, il insufflait un regain d'énergie dont j'étais la première bénéficiaire, surtout après les propos de Bob à mon égard. Quand il me voyait, il me demandait souvent mon avis. « Salomé, que penses-tu de cette idée ? » n'était plus une phrase rare dans sa bouche. J'aimais me prononcer, savoir que ma parole comptait pour lui. Je n'hésitais pas à exprimer un avis contraire au sien et il se rangeait souvent de mon côté, même si je ne m'exprimais pas dans ce but.

Un jour, alors que je venais de raccrocher avec une des entreprises susceptibles de construire un manège, il me demanda :

— Dis-moi, une société française spécialisée dans la génodique a entendu parler de la musique de Pacôme que l'on diffuse dans le jardin. Des experts veulent nous rendre visite pour en étudier les effets. Tu crois qu'on devrait les accueillir ?

— Rappelle-moi d'abord ce qu'est la génodique, lui répondis-je, le téléphone toujours en main. Je ne sais absolument pas de quoi tu parles.

— C'est une science qui relève de la biochimie et qui prend en compte les aspects ondulatoires du fonctionnement du vivant. Par l'utilisation de séries de sons harmonisés, directement accordés aux acides aminés dont la séquence compose les protéines, il est possible de réguler les processus biologiques.

— C'est un peu trop scientifique pour moi ! Mais tu savais tout ça quand tu as installé les haut-parleurs dans le jardin ?

— Un peu, oui. Lors d'un de mes voyages, un ami m'avait parlé de la spécificité de l'action des protéodies sur la biosynthèse de la protéine. Et cela a été démontré par des expertises biologiques en 2004. C'est un peu dingue, mais c'est prouvé ! On peut transposer le génome en séquences de sons ou de couleurs. Et nos légumes et nos fruits, vu leur goût et leur vitalité, en sont la preuve ! C'est vraiment une nouvelle approche du vivant. Si on peut aider des scientifiques à communiquer sur les effets positifs de la génodique, cela pourrait être révolutionnaire.

Je l'écoutai et demeurai muette devant cet esprit visionnaire. Derrière le gemmologue se cachait en fait un homme d'une culture scientifique bien plus large.

Au petit matin, je me réveillais désormais avec une conscience nouvelle : la beauté gouvernait chaque brin d'herbe, chaque parcelle de cette nature qui enveloppait *Yellow*, dans une symphonie parfaite. Je faisais partie de cet ensemble et si une pièce du puzzle manquait, j'en ressentais l'absence. Quand James était en voyage, il laissait un grand vide. Je le cherchais malgré moi dans la maison, dans le jardin, comme s'il allait surgir à tout moment pour m'apprendre encore des choses sur les nombreux sujets qu'il maîtrisait. Par le passé, je m'étais focalisée sur l'architecture et la décoration intérieure, mais Millie et James me montraient que nous avions la capacité d'entremêler les disciplines, de croiser les savoirs sans pour autant se disperser. L'éventail de nos potentialités est vaste, et ma curiosité en était décuplée.

Plus les jours passaient, plus j'intégrais ce paradigme. Il m'arrivait à présent d'aller dans la bibliothèque non pour jouer du piano, mais pour écrire, afin de percer l'opacité de mes doutes. Je laissais aller mon stylo, et cette activité avait le don tout à la fois de réguler mes états intérieurs et de me désinhiber. Millie m'avait dit à plusieurs reprises de ne pas hésiter à m'abandonner à un élan créatif s'il se présentait. Et cet élan apparaissait désormais presque quotidiennement. C'était une soupape, un bol d'air et un moyen de clarifier mes pensées, de m'aventurer sur le délicat chemin de l'intuition, sans pour autant m'aveugler ou m'illusionner. J'avais l'impression d'entendre peu à peu cette voix intérieure. Millie avait d'ailleurs prononcé une très jolie phrase sur la création : « Seul celui qui a créé sait. »

Quand je n'avais pas envie de me plonger dans mon carnet, mais que je sentais l'appel de la contemplation ou de la marche, j'en profitai pour arpenter le centre de Sintra, retourner au palais de la Regaleira ou de la Pena, lire à la terrasse d'un café avant de me perdre dans les sentiers sur les collines boisées.

***

Je reçus un après-midi un texto inattendu de James.

« *Bonjour Salomé. Je rentre demain de Genève. Je viens d'avoir une idée ! Je vais cacher les plus belles pierres précieuses et semi-précieuses de ma collection dans les murs des bâtiments qui vont être construits. Qu'en penses-tu ?* »

Je lui répondis avec enthousiasme. Des gemmes dissimulées un peu partout ! J'étais impatiente de le voir faire.

Vers 18 heures, comme je devais faire un point sur le planning des travaux avec Millie, je suis allée la rejoindre dans son bureau. Je ne m'y rendais plus que rarement depuis que je disposais de la salle de travail, car je souhaitais lui laisser un espace de respiration rien qu'à elle. Je n'avais pas l'intention de lui répéter ce que James venait de m'écrire, ne voulant pas lui gâcher le plaisir de l'annoncer lui-même à sa sœur. Je la découvris profondément endormie, la tête posée sur ses bras repliés, ce qui était très inhabituel. Mais en examinant la pièce du regard, je constatai que tout trahissait sa surcharge de travail et son épuisement : les piles de dossiers entassées par terre, le bazar régnant sur sa table de travail, la farandole de post-it collée un peu partout sur son ordinateur allumé, les multiples plannings au mur… Je refermai doucement la porte, très inquiète. J'allais en parler à James et Henry. Il fallait absolument qu'on répartisse différemment les tâches, qu'elle m'en délègue davantage. Et surtout, qu'elle consulte un médecin, même si je la savais très rétive à ce sujet. « Mon dernier bilan est parfait, non ? », voilà ce qu'elle me répondrait d'un ton sec…

***

Les semaines filaient. Le permis de construire avait enfin été accordé malgré toutes les difficultés rencontrées. Peu après l'échange entre Samir et le fameux Monsieur das Dores Ferreira, ce dernier avait convoqué James dans son bureau pour lui remettre tous les papiers signés en bonne et due forme. Samir, par son intervention, avait fait accélérer le processus de façon quasi miraculeuse.

Depuis, il était de plus en plus présent, éternellement flanqué d'un secrétaire et d'un expert. Il tenait à être sur place pour faciliter les rapports entre les différents acteurs du chantier. Ce dernier allait s'étaler sur une période de quinze mois. Nous avions fixé un planning précis que nous tenions à faire respecter par les artisans et maîtres d'œuvre. Les élus de Lisbonne s'y étaient associés et avaient bien l'intention de communiquer sur le lieu, d'exposer cette véritable opportunité pour la région, voire pour le pays tout entier. Nous avions vu très loin et parfois, la nuit, l'appréhension m'empêchait de dormir.

L'une de mes aspirations, chère à mes amis, avait particulièrement séduit les édiles : celle de solliciter en priorité les habitants de Sintra en les formant à des postes fondamentaux pour *Yellow*. Une personne à l'accueil, des serveurs, le chef cuisinier, son staff et tout le personnel dédié à l'intendance devaient résider dans la ville. Le but était de faciliter l'insertion et de valoriser les professionnels locaux.

J'étais bien occupée, entre les plans de *Yellow* à affiner, les recrutements et la communication. Mes ressources financières me permettraient de tenir encore un certain temps, mais j'avais bon espoir de créer un emploi stable ici même, un poste de coordination dans le projet par exemple. Mais pour l'heure, j'étais polyvalente et bénévole.

***

Les travaux étant maintenant bien avancés, le box pouvait prendre place le long du mur gauche du bâtiment principal. Henry, James et Adriano y consacraient chaque jour plusieurs heures. Nous voulions une installation en bois pour protéger le cheval du vent, de la pluie, du soleil et de toutes autres intempéries. Dans un premier temps, l'abri serait mobile puisque le projet, à ce stade, était provisoire, même si j'avais bien l'intention de le pérenniser. Démontable ou déplaçable, il nous permettrait, avec le temps, d'étudier un autre emplacement si le premier s'avérait mal adapté.

Andrea arriva un dimanche matin. Il avait donné une formation à Valence, en Espagne, avec son cheval et en avait profité pour faire un long détour par Lisbonne et Sintra. À 10 heures, après avoir roulé une bonne partie de la nuit, il gara sa voiture, à laquelle était attelée sa remorque, dans la grande cour, devant la porte gardée par la tête de lion. J'avais réussi à persuader tout le monde de la nécessité de construire un manège temporaire à l'aide de quelques barrières consolidées.

Andrea, brun, barbu, portant un jeans sale, ne parlait qu'anglais. Il était courtois, mais l'on sentait bien qu'il n'était pas là pour une opération séduction. Il semblait ne rien avoir à prouver et ne cherchait pas à plaire. Il voulait sans plus attendre faire descendre Prince, son cheval, de la remorque, le faire brouter, et dans une heure ou deux, nous montrer de quoi il était capable. Il tenait à repartir dès le lendemain. Son centre équestre, en Allemagne, accueillait de nombreux séminaires et des groupes en tous genres.

L'homme était très demandé, ce qu'il n'hésita pas à souligner à plusieurs reprises pour nous faire comprendre qu'il nous faisait une faveur en venant jusqu'à nous. Mais, précisa-t-il, il avait candidaté pour un partenariat avec nous, car notre projet le séduisait beaucoup et lui semblait parfait pour accueillir le sien. Il voulut alors voir pourquoi cette maison avait une telle aura. Devant la façade de l'entrée, il leva les yeux et, les mains en visière, s'exclama :

— *What a wonderful house !*

Une fois les présentations d'usage faites, Prince fut libéré. Il portait très bien son nom : il était racé, élégant, avec une magnifique robe couleur caramel.

Andrea commença alors son show devant toute la communauté réunie — cinq entrepreneurs nomades en résidence, un créateur de start-up à bout de souffle venu se mettre au vert pour pouvoir renouveler ses idées, un sportif de haut niveau féru de surf, et les résidents habituels. Il me fit signe de m'approcher de lui, à l'entrée du manège, puis me demanda, toujours en anglais, de réfléchir à quelque chose qui me tenait à cœur ou me préoccupait. Même si mon niveau dans cette langue était bon, j'avais besoin de me répéter ses mots dans ma langue natale pour mieux intégrer ce qu'il me demandait. J'avais un peu la pression avec tous ces yeux rivés sur moi.

— À présent, résume tout ça en une phrase puis avance jusqu'au milieu du manège.

Quelle étrange idée... Je m'exécutai. Millie me soutenait de son regard vert d'eau. Henry et Adriano, tout en se tenant la main, m'encourageaient d'un signe de tête. James était accoudé à la barrière et semblait curieux de l'approche. Andrea me sourit pour la première fois.

— Maintenant, prononce cette phrase à voix haute et avec conviction.

Prince se tenait à trois mètres de moi.

— Je dois retourner à Paris pour retrouver ma vie d'avant.

Je fus la première surprise par cette déclaration et ma voix trahissait mon émotion. En fait, depuis des jours, cette pensée que je tentais d'étouffer revenait à la surface la nuit, le jour. Elle me martyrisait, mais la culpabilité était trop forte. Savoir que Philippe, mon associé, ainsi que « mes » équipes se débrouillaient seuls avec l'hôtel d'Amsterdam me fendait le cœur. J'avais des remords et devant tout le monde, j'osai dire ce qui me taraudait.

Prince s'éloigna de moi, indifférent, pour aller brouter en bordure des barrières. Je n'en tirai aucune conclusion, ne sachant toujours pas où menait l'expérience.

— Est-ce vraiment ce que tu souhaites ? demanda Andrea.

Je demeurai silencieuse. Mais il poursuivit :

— Qu'aimes-tu ici, à *Yellow* ?

Cette fois, je n'hésitai pas une seconde :

— Tout ! Absolument tout ! Ces personnes en face de moi, cette maison aux murs colorés, Sintra, tous les désirs, les projets qui émergent et se concrétisent plus souvent qu'ailleurs…

J'aurais pu poursuivre pendant de longues minutes tant la liste était longue. En même temps que je parlais, le cheval s'était rapproché de moi. Je tendis le bras pour le caresser, toujours sans comprendre ce qui se passait. Andrea me posa encore une question, la plus directe qui soit :

— Veux-tu vivre ici ?

Je répondis un « oui » franc et enthousiaste. Le cheval, aussitôt, posa son lourd museau sur mon épaule. Je sentais son souffle chaud et humide dans mon cou. Tout le monde semblait ébahi. Andrea souhaita arrêter là l'expérience pour la poursuivre avec un volontaire dans le groupe. Je m'attendais à ce que Millie s'empresse d'avancer, elle qui était toujours partante pour tester de nouvelles choses et qui m'avait encouragée à faire venir Andrea, mais elle ne bougea pas.

James proposa d'être le prochain cobaye. D'un pas assuré, il me rejoignit au centre du manège. J'étais embarrassée. Devais-je rester ou retourner dans le public ? Andrea me fit comprendre par un mouvement de la main que je devais rester. Puis il s'adressa à James :

— Je présume que vous êtes le frère de Millie, le gemmologue. J'ai entendu parler de vous. C'est aussi ce qui m'a décidé à venir. Je suis très sensible aux pierres et nous avons ça en commun. Alors, à votre tour. Quelle question tourne dans votre tête actuellement ?

— Je ne sais pas. Je vais vous laisser mener la conversation !

— Très bien, vous êtes joueur. Alors cette femme, Salomé, est-elle chère à votre cœur ?

James sembla surpris par la question. Le cheval, lui, était retourné brouter. Puis soudain, il fit volte-face, s'avança vers James et lui tendit sa magnifique tête pour chercher une caresse. Je n'en revenais pas. La gêne me saisit les jambes et remonta jusqu'à mes joues, en feu.

— Bien, bien, bien, reprit Andrea. Prince aime l'idée de vous voir ensemble. Je préfère cette conclusion, car, figurez-vous qu'il fait très souvent constater l'inverse, et je ne vous dis pas l'embarras dans lequel je me retrouve alors !

La scène était cocasse, et pourtant, Millie, Henry et Adriano semblaient absorbés par une discussion qui avait l'air de les réjouir. Je ne savais pas s'ils avaient assisté à ce qui venait de se jouer. James ne me regardait pas. Il continuait de caresser l'animal et discrètement, je sortis. Tout le monde paraissait ravi du spectacle, tandis que moi, j'avais la sensation d'avoir été mise à nu.

Andrea, devant le public conquis, jugea qu'il était temps d'en dire plus sur lui et sur son approche.

— Vous avez à présent la preuve que le cheval possède un sixième sens très fin. Ce n'est pas une idée folle, mais juste un constat que vous avez pu faire par vous-même à l'instant. Le cheval ressent votre énergie et vos intentions.

Il évalue le degré de clarté en vous, votre degré de lucidité, et vous le fait aussitôt comprendre. Cet animal réfléchit peu, son cerveau est bien plus petit que le nôtre. Mais sa fréquence cardiaque est ultrasensible. Grâce à elle, on bénéficie d'un feed-back immédiat. Le cheval va réagir en fonction de la cohérence de ce que nous exprimons. Il n'émet aucun jugement moral, contrairement aux humains, et réagira toujours de façon juste, en nous ramenant à notre vraie nature. Prince n'aime pas le doute, mais les décisions claires. Si vous répondez avec confusion à l'une de mes questions, il ne comprend pas la réponse, tout simplement. C'est que vous n'êtes pas en phase émotionnelle avec lui. Mais James, de toute évidence, l'était.

James interrompit à ce moment-là son monologue. Il me fixa intensément et dit :

— Prince possède un don exceptionnel pour ressentir la vérité, c'est certain. Je ne savais pas à quoi m'attendre quand Salomé vous a invité, mais j'avoue que je suis bluffé.

— Je ne compte plus les dirigeants qui, suite à cette expérience, ont quitté leur entreprise pour se reconvertir dans un métier plus épanouissant, même moins lucratif. De nombreux divorces ont été évités, des rêves ont été revisités et réajustés. J'ai accueilli plus de 1 000 personnes dans mon centre équestre. Après une chute de cheval qui aurait pu me coûter la vie, j'ai lâché une carrière dans les laboratoires pharmaceutiques. À l'époque, je pratiquais l'équitation comme un loisir, pour me détendre entre deux voyages. Je me suis retrouvé dans une chaise roulante pendant six mois. J'ai eu le temps de réfléchir. J'ai récupéré Prince, qui allait être abattu après avoir donné toute son énergie dans les courses hippiques. Il m'a appris à reprendre des forces puis à marcher. J'avais un kinésithérapeute passionné de chevaux, tout comme moi. Un soir où mes jambes ne me portaient plus, je me suis mis à parler à haute voix. C'est là que j'ai vécu une sorte d'épiphanie. Je posais des questions et Prince y répondait en changeant de comportement. J'ai ensuite procédé à des tests plus rigoureux, qui ont confirmé ces premiers constats. J'ai voulu comprendre, alors je me suis spécialisé en éthologie équine et dans l'équicoaching.

— Andrea, répondit James, pas besoin de m'en dire plus pour être conquis par votre approche. Je dois à présent m'entretenir avec tout le monde ici, mais de mon côté, je ne m'opposerai pas au fait d'avoir notre propre cheval à *Yellow,* c'est certain.

J'avais gagné ! Le premier partenaire potentiel dont je m'étais occupé était validé par James, après l'avoir été par Millie. En plus de cette réussite, les réactions de Prince s'étaient avérées étonnamment justes et révélatrices, que ce soit pour James ou pour moi-même.

***

Lettre à mon arbre de Jade

Sintra. Ma nouvelle terre. Je reste. Le cheval me l'a confirmé. C'est le bon choix. Plus d'hésitation possible. On dit qu'on emmène souvent ses problèmes avec soi. Mais je suis la preuve qu'on peut aussi, en partant, les éloigner pour de bon.

13.

« Quand j'étais petit, ma mère m'a dit que le bonheur était la clé de la vie. Quand je suis allé à l'école, ils m'ont demandé ce que je voulais être quand je serais grand. J'ai répondu : "Heureux." Ils m'ont dit que je n'avais pas compris la question. J'ai répondu qu'ils n'avaient pas compris la vie. »

Depuis la venue d'Andrea, la maison s'était enrichie d'un nouveau manège, durable cette fois. En parallèle, nous avions prévu quatre constructions : un grand dôme pouvant accueillir des conférences, des forums et des projections ; un premier bâtiment dédié aux activités physiques ; un deuxième dédié au restaurant, qui allierait gastronomie, cuisine bio et circuit court ; enfin, un hôtel, conçu pour une cinquantaine de personnes, qui reprendrait les grandes idées de l'écolodge de départ. La Maison Jaune, par laquelle on entrait dans le domaine, restait l'axe principal. Ses chambres seraient réservées aux membres de la communauté d'origine ainsi qu'à leurs invités. Les *tiny houses* abritant les autres personnes resteraient à l'identique, sans artifice, se fondant parfaitement dans le nouveau paysage architectural, constitué de verre, de bois, de structures métalliques couronnées de terrasses.

Quant à la salle de coworking, elle allait devenir un espace collaboratif de 1 000 mètres carrés. J'avais pris en main toute la partie design biophilique. J'avais entièrement revu ma conception de la décoration d'intérieur et je voulais maintenant rétablir le contact avec la nature dans l'environnement bâti.

J'avais privilégié les quatre éléments les plus importants pour développer un contexte de travail agréable : lumière naturelle, calme, couleurs vives, et plantes à profusion. Nous avions prévu l'installation de nombreux végétaux de 100 espèces différentes. Les arbres de Jade seraient majoritaires. Bien sûr, de la musique serait aussi diffusée à certaines heures de la journée. C'était la marque de fabrique de Yellow.

Chaque bâtiment, construit avec un faible niveau de carbone, alternant toiture végétalisée et panneaux solaires, serait relié par des passerelles en verre et en acier recyclé. Les vitres seraient équipées de verre intelligent qui s'assombrirait automatiquement pour inviter la fraîcheur dans les pièces et s'éclairciraient pour davantage de chaleur. Bien sûr, la couleur jaune serait reprise partout, comme un refrain : sur les murs, les dalles, le mobilier, les œuvres d'art…

Au beau milieu de l'hiver, malgré le mauvais temps, les travaux allaient bon train. En un an et demi, j'avais l'impression d'avoir déjà vécu une vie entière. Une bonne partie des constructions était presque finalisée. Tout était sens dessus dessous et il n'était facile pour personne de vivre dans ce capharnaüm, dans le bruit des camions, des tracteurs, des marteaux-piqueurs, et au rythme des allées et venues des différents corps de métier.

À notre grande surprise, nous n'avions pas pris de retard. Les artisans travaillaient bien et, grâce à leur investissement, la tension des troupes s'était relâchée.

Samir ne venait plus qu'une fois par mois constater les avancées des travaux, et il ne cachait pas son enthousiasme. Et James tint parole : lors d'un dîner où toute la communauté était réunie, il annonça à la cantonade que plusieurs pierres semi-précieuses et ornementales — du lapis-lazuli, de l'améthyste, du cristal de roche, du quartz ou encore de l'œil-de-tigre — avaient été dissimulées dans le ciment utilisé pour les nouveaux bâtiments avec la complicité des artisans. En échange de leur silence, ils avaient reçu des gemmes en cadeau. En revanche, James s'était abstenu de leur révéler la suite. Il m'avait confié qu'il allait glisser dans du mortier frais quelques pierres précieuses, et de taille plus que respectable. Elles seraient ainsi diversement réparties, sans aucun risque d'être découvertes. Par ce geste secret, il voulait rendre *Yellow* encore plus singulière qu'elle ne l'était déjà.

Je découvrais la douce sensation d'être enfin au diapason de ma vie. Lisbonne n'avait presque plus de secrets pour moi, et je m'y sentais comme un poisson dans l'eau. Je parlais portugais avec facilité. J'adorais cette langue enjouée, et je n'avais pas eu trop de difficultés à l'apprendre. J'avais trouvé des amis et l'environnement idéal pour moi. Deux piliers solides sur lesquels m'appuyer.

Mes parents étaient venus me rendre visite durant quinze jours de visite. Ils avaient découvert ce territoire que je leur avais vanté, mes amis, mon entourage et *Yellow*, et ils avaient compris mon choix. Millie les avait déjà séduits seize ans plus tôt, quand ils nous avaient aidées à emménager. À présent, elle les fascinait par tout ce qu'elle avait déjà accompli et par l'ampleur de ce que nous avions entrepris. Ils m'avaient dit être heureux que nous nous soyons retrouvées.

***

Lettre à mon petit arbre de Jade

Un seul point noir persiste : mon inaptitude tenace à inviter James dans mon monde intérieur. Je garde mes distances malgré moi. Et plus je me barricade, plus j'ai peur de le perdre à jamais. Je suis victime de mon propre paradoxe. Quelque chose me retient encore. Je crois que c'est Millie. C'est bête, mais j'ai des scrupules. C'est son frère, et j'ai besoin, quelque part, de son accord tacite pour l'aimer.

***

Nous avions arrêté la date de l'inauguration : le 15 juin. Il ne restait plus que trois mois pour être totalement prêts. Tout le monde s'activait, même ceux qui avaient de grosses réserves au départ, malgré leur vote positif. Les demandes de séjours à *Yellow* affluaient déjà. Comme je m'occupais déjà de la communication, je pris en charge toute la partie événementielle. Je cherchais à mobiliser des personnalités du monde du spectacle, des scientifiques, des chercheurs et des entrepreneurs afin de fonder une sorte de comité scientifique qui s'enrichirait avec les années. Je souhaitais aussi convaincre des « ambassadeurs », en quelque sorte, de communiquer sur notre inauguration. Plus rien ne me faisait peur. Je devenais stratège à mes heures, et j'entraînais avec moi Henry et James, ravis que je donne le ton. Les enseignements de Millie avaient été fructueux.

Je discutais maintenant directement avec le maire de Lisbonne. J'étais conviée aux manifestations de la ville et je figurais dans les fichiers des organisateurs d'événements de toute la région. J'y allais parfois pour alimenter notre réseau, toujours dans la perspective de servir *Yellow*. J'étais la seule de la maison à aimer les mondanités. Millie avait horreur d'être en représentation.

Samir m'avait appris l'art de l'entregent, et il semblait fier de constater que son élève, une femme, s'adonnait à l'exercice avec une certaine aisance. Trois mois avant l'inauguration, j'étais donc comblée.

Quand j'avais du temps, ce qui devenait rare et précieux, je montais Violette, la jument que nous avions rachetée à Andrea. Elle était majestueuse dans sa robe blanche, et me tenir sur son dos, prendre ainsi de la hauteur, me permettait de profiter de la nature et de poser mon esprit quand mes compagnons allaient surfer de leur côté.

***

Un dimanche, j'attendais Millie dans le jardin à l'aube, comme à notre habitude. Je m'étais enfin réconciliée avec ce jour de la semaine, dont j'avais horreur par le passé. À Paris, je pouvais tourner des heures dans mon 50 mètres carrés, quand je ne visionnais pas une saison entière d'une série pour fuir cette journée, que je vivais comme un désert inhabité. À *Yellow*, chaque jour de la semaine était palpitant. Je trouvais toujours quelqu'un avec qui parler, ou un endroit pour m'isoler si j'en éprouvais le besoin.

Les premiers rayons du soleil trouvaient refuge dans le potager, resplendissant. J'observais les insectes et tout ce petit monde qui œuvrait, déterminé, dans les sols et tout autour de moi. Puis je décidai d'aller voir le chantier en empruntant les allées qui prenaient forme. Sur certains murs, le mortier était encore humide. Dans la lumière de l'aube naissante, j'aperçus une petite bête qui se débattait, prisonnière. Elle s'était posée sur la pâte grise et gluante et battait des ailes pour se dégager. Je m'approchai. Il s'agissait d'une abeille, bien inoffensive vu son état. Je voulais la sauver, mais je savais qu'en la touchant, je risquais d'empirer la situation. Elle était à l'agonie. Et moi, impuissante, je ne pouvais qu'assister à son trépas. Mais refusant de la laisser mourir là, je la pris délicatement par les deux ailes et la déposai sur un endroit sec. J'aperçus alors une étrange couleur rouge à cet endroit du mur. Je grattai un peu, et mon doigt buta sur ce que je pris pour un caillou. Puis je compris que c'était en fait l'une des pierres précieuses de James, sans doute un rubis du fait de sa couleur. Je la laissai là où elle était et la recouvris de mortier pour qu'elle reste bien cachée. Désormais, je partageais ce secret avec James.

***

Vers 7 heures 20, toujours pas de Millie. Je me décidai à aller la chercher dans la *tiny house* qu'elle occupait désormais. Je frappai à la porte, mais elle ne répondit pas. J'entrai sans attendre. Pas un bruit. Je levai les yeux vers la mezzanine, où était installé son lit. Elle était allongée, visiblement très affaiblie, avec des cernes sombres sous ses yeux.

— Millie, qu'est-ce que tu as ?

Elle chuchota :

— Je me sens très faible. Je n'avais pas du tout faim hier. Je vais manger un peu et ça ira mieux.

— Mais enfin, tu ne peux pas rester comme ça. Que veux-tu ?

— Peu importe. Apporte-moi quelque chose et je verrai bien.

Je trouvai un reste de pot-au-feu de la veille et des fruits. Je lui tendis une pomme en la suppliant de consulter un médecin. Et cette fois, elle accepta. Malheureusement, Manuela, la doctoresse italienne installée à Sintra pour finir sa thèse, et qui venait de temps à autre nous voir, était repartie dans sa famille pour deux ou trois jours. J'accompagnai Millie chez le premier généraliste des environs pouvant la recevoir dans l'après-midi. Il la renvoya chez elle avec, pour seules prescriptions, des antalgiques et un repos complet. D'après lui, elle était exténuée par sa surcharge de travail et par le manque de sommeil, ce que je savais déjà. Il est vrai que les travaux et la préparation de l'inauguration nous avaient tous mis sous tension et que nous dormions peu. J'avais pour ma part abusé des pâtes cuisinées vite fait, et je ne faisais plus de sport.

Les jours suivants, Millie dormit beaucoup et ne mangea presque rien. Quand Manuela fut de retour et qu'elle l'ausculta, elle nous jeta un regard glacial, empli de reproches. J'eus un terrible pressentiment.

— Qui est ce médecin qui l'a laissée sans soins ? Sa température a chuté, sa pression artérielle aussi. Son état est préoccupant. Nous devons la conduire à l'hôpital. Aidez-moi à la porter jusqu'à ma voiture.

Tremblante, je me hâtai. James, qui ne partait plus depuis plusieurs semaines en voyage, la prit dans ses bras. Manuela était la seule à contrôler vraiment la situation.

Une heure plus tard, Millie était allongée dans un box des urgences de l'hôpital où James avait séjourné des mois plus tôt après l'incendie. Entourée de blouses blanches qui s'affairaient, elle tentait de garder le sourire pour nous rassurer, mais son teint blême trahissait cette bonne intention. Les médecins voulurent la garder plusieurs jours quand ils comprirent que son système immunitaire défaillant déclenchait des réactions inflammatoires inexpliquées en cascade. Je ne quittais pas son box. Je lui faisais la lecture ou regardais avec elle des films sur mon ordinateur. Mais très souvent, elle s'assoupissait. Les médicaments qu'elle prenait tardaient à faire effet. Le troisième jour, je me rendis compte qu'elle ne respirait pas normalement. J'appelai à l'aide. Une infirmière arriva, puis tout s'enchaîna très vite. On la plaça sous assistance respiratoire et on l'emmena sur un brancard aux soins intensifs.

James me rejoignit très vite. Pendant les heures qui suivirent, on ne nous donna aucune information. Notre incertitude était complète.

James et moi n'échangions aucun mot dans la salle d'attente. Nous étions paralysés. Le temps était suspendu. Nous étions enfin réunis tous les deux, mais pour de mauvaises raisons.

14.

« Les oiseaux apprivoisés chantent la liberté. Les oiseaux sauvages volent. »

Henry et Adriano nous avaient rejoints et ne voulaient pas nous quitter une seconde. J'avais la chair de poule et un goût amer dans la bouche. Les murs ondulaient, et le sol se dérobait sous mes pieds. Henry tenta de détendre l'atmosphère pesante en me massant les épaules ou en me montrant des vidéos drôles sur son téléphone. Les heures s'étiraient péniblement.

Quand un interne vint enfin nous voir, il annonça que le diagnostic était encore incertain. Les équipes poursuivaient les analyses. Nous n'eûmes droit qu'à ces maigres informations. J'étais dévastée. Tout était si soudain, si violent.

Millie resta en soins intensifs pendant cinq jours. Cinq longs jours de plus sans repos pour nous. La mine défaite de James me faisait peur. Dès qu'il parlait, il commençait à bégayer. Je ne le reconnaissais pas. Seul Henry avait assez de sang-froid pour accueillir notre désarroi et le tempérer. Mais pour combien de temps ? Aucun signe encourageant auquel se raccrocher, aucun mot sur ce qu'elle avait. Je scrutais ses joues creuses et ses cernes de plus en plus bleus et profonds. Ses bras, posés sur les draps, étaient d'un blanc diaphane. Ce n'était pas Millie. Cette femme allongée devant moi, si frêle, si absente, était à l'opposé de la femme énergique et solaire que je connaissais. La gorge nouée, j'avais envie de me laisser dériver dans des contrées paisibles, ce que seuls les songes permettent dans de telles situations, mais je n'en avais pas le droit, au nom de tout ce que je lui devais.

Enfin, le cinquième jour, le médecin chef du service nous rejoignit dans sa chambre. Il était 10 heures du matin. Il faisait beau et un rayon oblique perçait à travers le store vénitien. Le médecin nous demanda sans aménité de l'accompagner dans le couloir. Sans chercher à mettre les formes, il nous donna son diagnostic :

— Au vu des résultats, votre amie, votre sœur, a un cancer en phase terminale.

— C'est-à-dire ? demanda James presque agressivement.

— Elle a un cancer des ovaires, et les métastases se sont multipliées et disséminées dans tout son corps. Nous lui administrons tout ce qui peut calmer la douleur et tentons par tous les moyens de freiner l'expansion du mal. Je suis désolé.

— Ce qui signifie, docteur ? enchaîna James, décomposé.

— Impossible de le dire à cette heure. Nous suivons l'évolution des symptômes. Soyez sûrs qu'elle est l'objet de toute notre attention. Le pronostic vital est de toute évidence réservé.

— Que pouvons-nous faire ? demandai-je.

— Vous pouvez rester à ses côtés, lui parler doucement, même si elle ne vous répond pas. Elle est très fatiguée, mais elle vous entend. Cela l'aidera à garder le contact avec la réalité. Mais une seule personne à la fois dans sa chambre !

— Peut-on mettre un lit d'appoint pour pouvoir se relayer auprès d'elle la nuit ?

— Oui, bien sûr, je vais faire le nécessaire.

Il quitta la pièce lumineuse, nous laissant dans notre propre obscurité. James attrapa aussitôt son smartphone pour faire des recherches sur ce fichu cancer généralisé. J'avais beau tenter de l'en dissuader, il tapait frénétiquement sur les touches en quête d'une information rassurante qui n'existait pas.

Nous nous rendions régulièrement dans la salle d'attente, proche de sa chambre, pour tenter de reprendre des forces sous les néons blafards installés au-dessus de la machine à café. Les chaises en plastique bon marché étaient d'une couleur orange criarde, désagréable, et l'on sentait combien l'air était contaminé par la souffrance des malades.

Je vins m'asseoir à côté de James, qui avait quitté la chambre de Millie peu avant moi. Sa jambe gauche ne cessait de tressaillir. Je posai ma main sur son genou. Il était en bermuda et sa peau moite était collante sous ma paume.

Je vis une larme rouler sur sa joue. Je ne voulus pas l'imiter et déglutis à plusieurs reprises, retenant ma douleur.

— Je ne m'en remettrai pas si elle nous quitte, me dit-il.

— Ne dis pas ça, James. L'hôpital est réputé et le professeur qui la suit aussi. Il va la sortir de là !

Mais James était ailleurs. La main toujours sur son genou, je fus soulagée de constater que sa jambe ne bougeait plus.

— Mes parents sont morts il y a six ans seulement. C'est quoi cette tragédie qui s'acharne sur notre famille ?

Henry, accompagné d'Adriano, arriva à ce moment-là et, voyant nos mines pitoyables, il nous supplia d'aller dormir. Ils veilleraient tous les deux sur Millie cette nuit-là. Je ne me fis pas prier. Mon corps avait besoin de repos pour tenir sur la durée. James, lui, feignait d'être fort, et il cherchait à se persuader qu'il aurait assez de résistance pour rester auprès de sa sœur. Mais devant notre insistance, il capitula.

Après avoir fait le tour du cadran, je me réveillai engourdie, encore habitée de cauchemars où j'étais entourée de noir, de solitude et de boue. En ouvrant les volets de ma chambre, je levai les yeux vers le ciel et n'y vis que des défaillances de couleurs, rien de stable. Le vent soufflait des messages que je ne voulais pas entendre. Il me fallut quelques secondes pour reprendre mes esprits et me souvenir que Millie était dans un lit d'hôpital. Sans tarder, j'allai retrouver James dans la cuisine et mangeai sans appétit. Il avait les lèvres serrées, mais je tentai, par ma présence, de lui transmettre une goutte d'espoir et une résistance plus forte que la noirceur.

À l'hôpital, Henry, harassé, n'avait pas fermé l'œil de la nuit.

— J'espérais tant entendre un mot, un seul petit mot, nous confia notre ami, blême de fatigue. Une fois, j'ai cru qu'elle essayait de parler. Mais je m'étais trompé.

Je ressentis toute l'affection profonde qu'il portait à Millie.

— À ton tour d'aller dormir, lui intima James. Nous en saurons sûrement davantage à ton réveil.

Toute la journée de ce mardi 21 avril, nous restâmes au chevet de Millie. Elle avait été sédatée et dormait profondément. Je lui parlais, lui remémorais les bons moments de ces derniers mois, lui annonçais que Samir et son maître d'œuvre allaient temporairement s'occuper de tout le suivi des travaux pour nous. Ils étaient arrivés à l'improviste la veille, à bord de son avion privé. Dès que Samir avait reçu le message de James l'informant de la mauvaise santé de Millie, il avait annulé tous ses engagements immédiats pour venir nous rejoindre. Quand nous avions compris, et surtout accepté, l'idée que Millie resterait à l'hôpital plusieurs jours sans doute, nous avions dû très vite nous organiser pour ne pas laisser les artisans seuls aux commandes d'un projet dont ils ne percevaient sans doute pas la globalité. Et Samir nous apportait donc une aide précieuse et inespérée.

Pour occuper les heures d'attente, James, tenant la main de sa sœur dans la sienne, me racontait leur enfance dans le Devon, en Angleterre. Souvent, je baissais légèrement les stores pour que la pièce soit dans la pénombre. C'est ainsi que j'appris que Millie avait failli se marier à la trentaine. Qu'elle rêvait de fonder une grande famille. Mais ses idéaux, sûrement trop élevés, n'avaient pas trouvé écho dans un homme, et elle n'avait rencontré personne qui soit à leur hauteur. Les années s'étaient écoulées, ses parents étaient morts, elle s'était plongée à corps perdu dans l'achat, les travaux puis le fonctionnement de la Maison Jaune. Son rêve avait évolué vers quelque chose qui allait bien au-delà de sa propre personne.

James me posait des questions sur ma vie d'avant, notamment sur ma colocation avec Millie. Je lui relatais nos soirées, nos délires, nos virées en stop le week-end pour aller dormir sur la plage à la belle étoile juste une nuit, notre vie un peu bohème, notre complicité que je n'avais jamais pu remplacer…

— Quant à mon époux, Clément…

— Ne me dis rien. Millie m'en a touché deux mots. Laisse tout ça derrière toi.

Il m'épargnait ainsi le ressac de la peur. Puis il me parla de lui, ce qu'il avait fait rarement jusqu'alors.

— J'ai toujours idéalisé le couple de mes parents. Comme Millie, je suppose. Je n'ai jamais réussi à m'engager avec qui que ce soit. Les voyages me permettent d'avoir des aventures sans lendemain. C'est la meilleure façon de ne pas avoir d'ennuis. D'ailleurs, vu l'incompréhension entre les hommes et les femmes de nos jours, je tire mon chapeau à ceux qui parviennent à trouver un semblant d'équilibre à deux. Tu sais, je ne suis pas très fier de moi. Je vais devenir un loup solitaire, si ça continue. Millie et moi, on fait vraiment la paire ! finit-il par dire en riant.

Il en avait sûrement trop dit. Il s'interrompit, visiblement remué par toutes ces réminiscences, et prétexta vouloir prendre l'air. Je me retrouvai seule avec mon amie endormie. Je posai ma main sur son front chaud, et je laissai mes paroles s'écouler librement.

— Millie, c'est moi, Salomé. Le jour où j'ai lu ton mail, un midi, assise à mon bureau de la tour Montparnasse, je ne me doutais pas à quel point mon existence allait aussi vite basculer. J'ai accepté ta proposition et je suis venue à ta rencontre. Tu m'attendais à l'aéroport de Lisbonne. Tu étais cette fille fraîche qui ne ressemblait à personne. J'ai bien failli faire demi-tour, tu sais. J'avais une telle frousse de te retrouver. Et au fond, de me retrouver moi-même par la même occasion. J'ai hâte d'entendre de nouveau ta voix me raconter Lisbonne, tes derniers voyages, tes rêves... Je veux te voir une nouvelle fois déguster ton plat préféré sur une terrasse à Sintra. Quand vas-tu te réveiller, Millie ? Tu nous manques tellement ! Ce n'est pas le moment de nous lâcher ! *Yellow* bat son plein, on a besoin de toi là-bas ! Et puis, j'ai une confession à te faire...

Si je m'étais écoutée, je l'aurais secouée de toutes mes forces pour qu'elle sorte de son état léthargique. Les larmes arrivèrent enfin comme une libération. Je plongeai mon visage dans ses draps.

— Sa-lo-mé...

Mes sanglots cessèrent aussitôt. Elle parlait si bas que je dus approcher mon oreille au plus près de sa bouche. Cela me rappela le moment où nous avions retrouvé James sur le brancard, terrassé après l'incendie. Les paupières closes, elle chuchota avec peine :

— Dans ma chambre... dans mon bureau... dans le deuxième tiroir à droite... il y a une petite boîte dorée...

Ouvre-la. À l'intérieur, tu trouveras… une lettre… accompagnée d'un pendentif.

Puis, d'une voix plus claire et assurée, elle me confia :

— Serre fort le pendentif. À travers lui, je te transmets la clé de ce nouveau départ. Ne m'en veux pas pour tout ce que tu vas apprendre… Je l'ai fait en conscience, avec amour. Merci, Salomé, *my sweet darling*, d'être venue vivre avec moi à Sintra…

Ce furent ses dernières paroles. Dans la seconde qui suivit, une des machines qui l'assistaient fit retentir une alarme. Des infirmières accoururent, me demandèrent de sortir. Dans le couloir, James qui revenait de sa pause, se figea. Millie venait de s'éteindre. Il me lança un regard hagard tandis que j'étouffai un cri.

***

Brutale. Violente. Sidérante. La nouvelle tomba comme un coup de tonnerre. Millie n'était plus. L'impensable s'était produit. Aucun de nous n'y était vraiment préparé. La Maison Jaune était orpheline de sa fondatrice, à quelques semaines de l'inauguration. J'étais anéantie, inconsolable devant la vie qui se poursuivait sans elle. À quoi bon continuer, quand tout s'effondre sous vos pieds ? Le vertige nous aspirait, et tous, nous allions devoir lutter contre ce vide sans fond. Sans elle, plus rien n'avait de sens pour moi. J'avais l'impression que la vie m'avait menti. Je me remémorai les mots tout simples que l'on prononce dans ces instants-là : « Elle est partie. » Oui, Millie était partie…

D'ailleurs, dans la semaine qui suivit son envol, je me tordis la cheville, je faillis me faire renverser par une voiture, et le chien d'une maison voisine me mordit au genou alors que je marchais pour tenter d'entreprendre un deuil inimaginable. J'en conclus que je dégageais de fortes ondes négatives, et qu'il n'était pas bon de me fréquenter.

James, lui, s'enfonçait chaque jour un peu plus dans un mutisme insoutenable. Il venait de perdre sa sœur, sa confidente, son amie, sa coéquipière de toujours... Henry, Adriano et Samir ne le quittaient pas.

Je ne trouvais de répit que dans la solitude de la bibliothèque, où je tentais chaque jour d'écrire quelques lignes. J'attendais un signe des anges, qui mettrait un peu de baume sur ce malheur, qui me broyait et m'engloutissait.

***

Lettre à mon arbre de Jade

Il paraît que, lorsque l'on meurt, on voit une lumière au fond d'un tunnel. Je me demande si Millie est toujours dans ce tunnel, ou si elle est déjà passée de l'autre côté.

J'ai pris un passage au hasard dans Le Monde d'hier *de Stefan Zweig. Étrangement, le livre a dialogué directement avec moi.*

« L'épreuve est un défi, la persécution nous fortifie, la solitude nous grandit, pour autant qu'elle ne nous brise pas. Comme pour toutes les choses essentielles de la vie, ce n'est jamais par l'expérience d'autrui que l'on acquiert ce genre de connaissances, mais toujours par sa propre destinée. »

***

Après la perte d'un être cher, la vie joue avec nos nerfs. Il nous fallait à présent trier les vêtements de Millie, préparer les funérailles et l'hommage que nous voulions lui rendre. À peine avais-je repris confiance en la vie que je devais avaler la mort. James souhaitait que je m'occupe de ses affaires personnelles. Lui se chargerait de gérer, avec Samir et les autres, les derniers travaux qui ne pouvaient en aucun cas être retardés. Il y avait trop d'acteurs impliqués dans la structure pour faire une pause, malgré l'incongruité que tout cela représentait au regard du moment que nous vivions.

Henry a très vite annoncé que le lieu que nous construisions devait être à la hauteur des attentes de Millie, qu'il serait érigé en son honneur, que nous devions donc nous y atteler sans ménager nos forces. C'était aussi et surtout un excellent remède pour biaiser avec la réalité et ne pas penser. Mais aucun des habitants de *Yellow* n'était vraiment capable d'affronter le départ violent de celle qui avait imprimé de sa forte présence chaque pièce de la maison et chaque endroit du jardin.

Je pris mon courage à deux mains et je pénétrai dans la *tiny house* de Millie. J'ouvris les fenêtres, les volets. Je retirai les draps, encore imprégnés de son odeur de cannelle, de son lit installé dans la mezzanine. Je ne pus aller au-delà. Je n'étais pas prête. Je voulais garder l'endroit intact, le ranger, faire comme si elle allait revenir. Une carafe d'eau. Un livre ouvert. Une robe sur la banquette. Un élastique et une barrette sur laquelle était sertie une petite pierre… Tout donnait le sentiment que la situation était absolument normale, comme un Polaroid d'une tranche de vie. Le livre était une biographie de John Lennon, son idole de toujours, comme son frère. J'imaginais qu'elle allait surgir et me lancer avec désinvolture : « Je pars à Bali pour visiter un nouveau lieu qui fait sensation, je peux te confier la Maison Jaune ? »

Mes yeux passaient d'un endroit à un autre, détaillant chaque recoin de la petite pièce. Les effluves de son parfum léger et épicé me menèrent au flacon, posé sur le minuscule bureau. Je me remémorai soudain les dernières paroles de Millie sur son lit d'hôpital. Comment avais-je pu oublier ses derniers mots, alors que je m'apprêtais à lui confier que j'étais irrésistiblement attirée par son frère depuis des années, et que j'avais inconsciemment besoin de son approbation ? Il y était question d'une boîte, rangée dans un tiroir de ce bureau.

Je m'assis et n'eus pas besoin de chercher la boîte en question. Elle était posée là, en évidence, dans le premier tiroir. Dans cet écrin délicat se trouvaient une lettre, une clé USB et un tissu blanc, que je dépliai délicatement, non sans une certaine appréhension. Je découvris un pendentif en or, en forme de clé de sol, que je saisis avec le plus de précautions possible. Le souffle court, je pris le temps de contempler ce bijou, dans le calme de cette chambre où tout me rappelait mon amie à jamais perdue. Puis je lus sa lettre.

Ma Salomé,

Je te dois beaucoup d'explications. Si tu lis cette lettre, c'est que s'est réalisé ce que je craignais. I am not here anymore. *En fait, je me savais malade depuis deux ans et demi. Je ne l'ai dit à personne, et surtout pas à James. Seul Henry était dans la confidence, et Adriano depuis peu. Il me fallait un allié sur qui compter dans les périodes de doute, et j'ai toujours eu une confiance inébranlable en lui. Tu sais que nous nous sommes connus enfants et qu'il est comme un frère pour moi.*

My dear friend, *je t'en prie, pardonne-moi à l'avance pour ce que je vais t'apprendre. Tout ce que j'ai fait était réfléchi, et non le fruit d'une lubie passagère, crois-moi.*

J'ai fait le maximum pour tenter de guérir, en allant de médecin en médecin, le plus discrètement possible. Je me suis même rendue dans une clinique en Suisse, à la pointe en matière de traitement des maladies graves comme la mienne, en prétextant me rendre dans une structure telle que la nôtre, mais rapidement, le verdict est tombé, désespérant. J'ai mis du temps à l'accepter, tu t'en doutes. Simultanément, les dettes s'accumulaient, et les murs de la Maison Jaune s'effritaient. Je craignais le pire. James fuyait la mort de nos parents à travers ses voyages incessants, et je ne pouvais pas m'appuyer sur lui au quotidien. Sans Henry, je n'aurais pas tenu face aux épreuves.

Il y a plus d'un an et demi maintenant, ma maladie était déclarée, elle progressait vite, et j'avais peur. Pour mon frère, pour la Maison Jaune, pour les résidents, pour ma tribu. Depuis notre année de colocation, tu n'as pas quitté mes pensées. Tu me manquais, et tu le sais. C'était sincère entre nous, c'était vrai. Notre amitié, ta loyauté, tes valeurs... Tout ce qui nous rapprochait et même nous éloignait était unique. Mon départ soudain et mon long silence furent égoïstes, cruels, et je m'en veux encore aujourd'hui.

J'ai fait des recherches, et j'ai appris que tu avais divorcé, que tu avais créé ton entreprise et qu'elle marchait bien. Alors, une intuition a surgi. J'en ai parlé à Henry, qui est tombé d'accord avec moi : tu étais sans doute celle qui avait l'expérience et les épaules assez solides pour sauver notre navire, et... toutes les qualités pour aimer mon frère comme il le mérite. Nous n'en avons jamais parlé ouvertement, toi et moi, mais cela crevait les yeux. Vous étiez comme deux aimants, James et toi, à Paris. Ne me dis pas que ce n'est pas vrai. Même si tu ne t'en es pas rendu compte, j'ai tenu la chandelle pendant trois jours, qui me parurent très longs. Et je m'en suis toujours voulu de ne pas avoir fait le nécessaire pour vous réunir de nouveau, à cette époque...

Henry, qui ne te connaissait pas, a voulu me retenir pour éviter toute forme de manipulation de ma part. Mais devant mon insistance, il a fini par accepter de m'aider. Il y voyait aussi un moyen de te faire découvrir une autre façon de voir la vie. De toute manière, lui et moi comptions sur ton libre arbitre. Nous ne pouvions en aucun cas te forcer à faire quoi que ce soit contre ton gré. Mais nous pouvions légèrement provoquer le destin.

Je t'ai invitée, tu es venue, et Henry s'est pris d'affection pour toi. Moi, j'ai bénéficié d'un regain d'énergie grâce à ta venue, et nos retrouvailles furent encore mieux que je ne l'avais imaginé. J'ai organisé le vol de tes papiers (oh pardonne-moi encore, je t'en prie) pour t'obliger à rester et à découvrir la Maison Jaune, puis, après ton retour à Paris, tu es revenue à Sintra lors de l'incendie et tu as fini par vivre avec nous. Je t'ai laissée peu à peu prendre les rennes et tu as excellé dans tes nouvelles fonctions.

Concernant James, j'ai tenté de le rendre un peu jaloux. D'où la venue de Paolo, le peintre, puis ta mise en relation avec Andrea. Tu t'es immédiatement passionnée pour son projet de thérapie équestre, bien plus que je ne l'aurais cru. Ensuite, j'ai vu James changer de comportement et rechercher de plus en plus ta présence.

À partir de là, la maladie m'a envahie et les métastases se sont diffusées dans tout mon corps. Je pense que d'une certaine façon, j'ai rendu les armes ; tu avais pris ta place à Yellow et dans le cœur de mon frère. J'étais enfin apaisée.

Tu vas penser que je suis perverse. Je ne le suis pas, et pour que tu en sois certaine, sache que j'ai demandé conseil à mes médecins. Tout comme Henry, ils ont estimé que je cherchais à faire le bien, et non le mal. Je pense qu'à ce jour, seul ton associé Philippe pourrait réellement m'en vouloir. À cause de moi, il a perdu sa collaboratrice la plus chère et a dû s'endetter pour racheter tes parts.

Je ne veux que ton bonheur, et celui de mon frère. Vous le méritez tellement, et Yellow *est le lieu idéal pour voir grandir vos rêves les plus fous. Mais tout ceci n'est plus de mon ressort désormais. Je me doute que tu vas mettre du temps pour te remettre de ces révélations. Sache seulement ceci : où que je me trouve, je suis à vos côtés.*

Sur la clé USB qui accompagne cette lettre et le pendentif sont enregistrées deux morceaux, deux captations d'âme jouées par Pacôme. L'une de Yellow*, l'autre, de James et toi. Je les lui ai demandées exprès pour vous. Écoute-les, et entends ce qui ne se voit pas. Quand tu m'auras pardonné, tu me percevras à travers cette musique.*

Yellow *est une proposition, une possibilité qui s'offre à toi, mais tu restes libre de tes choix. Toi seule détiens ta vérité, et personne d'autre. Tu peux me rejeter, retourner à Paris, reprendre ta vie d'avant, ou partir vers l'inconnu. Je ne veux pas de culpabilité. Seulement de la justesse. Ne cède pas à la douleur, au désenchantement ou au désespoir. Ressens cette paix et cette sagesse intérieure que tu as perçues avec le piano. Et ainsi, tu sauras et tu ne pourras plus jamais te perdre.*

Dernière chose : j'ai aussi écrit une lettre à James, pour tout lui expliquer.

Maintenant, time for me to go. I love you so much.

Je vous quitte en paix.

Millie

15.

« Qu'importe ce qui t'aide à passer la nuit
du moment que tu passes la nuit. »

Je crois que je suis restée prostrée au moins deux bonnes heures dans la *tiny house* de Millie. À moins que ce ne fût que 15 minutes. « Coup monté. » Je n'avais que ces deux mots en tête. « Coup monté, coup monté. » Quelle mascarade ! J'aurais étranglé le fantôme de Millie si j'avais pu. J'avais été utilisée. Manipulée. Cruauté de la fausse amitié. Mensonge. Trahison. Encore une fois ! Me revint un souvenir qui me poursuivait.

J'ai 23 ans, nous allons à une fête où elle rencontre celui qui deviendra son amant. Quinze jours plus tard, sa chambre est vide. Elle a disparu, laissant une lettre sur son lit. Elle m'explique qu'elle est amoureuse, qu'elle me laisse ses affaires, qu'elle ne m'oubliera pas et qu'elle reviendra me voir un jour. Dans une enveloppe, un peu d'argent pour payer le loyer du mois. Puis plus rien. Seize ans d'absence et de silence jusqu'à ce mail reçu par une chaude journée de juillet à Paris. Un piège dans lequel je suis tombée à pieds joints.

Soudain, une furieuse envie de tout casser monta en moi, et je sortis d'un bond de la maison pour fuir son atmosphère devenue pesante. En traversant le jardin à grands pas, j'entendis les notes de piano jouées à l'intention des fruits et des légumes. Tout me parut complètement grotesque. Je voyais enfin clair : tous ceux qui entouraient Millie se fourvoyaient dans son manège, dans ses aspirations haut perchées et sa fichue maison idéale… Nous avions été ses pions tout du long, jusqu'au moment ultime. Bravo l'artiste ! Elle avait joué à merveille un spectacle dont elle était à la fois la scénariste, la réalisatrice, la costumière, et la monteuse. Tout avait été pensé dans les moindres détails, et elle avait même à ses pieds son petit valet, Henry. Clément m'avait laminée et je m'étais relevée, plus forte, mais la vie était joueuse et me testait de nouveau. Millie m'avait attirée dans ses filets par son charme, ses rires, ses amis, ses projets démesurés, sa folie. Puis, en quelques lignes, elle avait saccagé ce que j'avais de plus précieux au monde.

Je refusais de perdre davantage de temps à *Yellow*. Je filai dans ma chambre en essayant de me faire discrète pour ne pas être interpellée ou arrêtée par qui que ce soit. Je tentais de garder mon sang-froid. Ne pas vaciller. Ne pas craquer. Ne pas céder à la panique. Je rassemblais mes affaires à la hâte dans une valise. Je ne pouvais pas tout emporter. J'avais apporté pas mal de petites choses de mon appartement parisien, et j'avais acheté des livres, des vêtements, ainsi que deux jolis meubles, dénichés dans une brocante, que j'avais peints en blanc pour personnaliser cet espace rien qu'à moi. Je les trouvai sans intérêt tout à coup. Je décidai aussi de laisser au mur le portrait que Claudio avait peint de moi. En regardant les mouvements de couleurs, j'en eus un profond rejet. J'avais tant aimé ce moment incroyable passé avec lui et, pourtant, il faisait lui aussi partie d'une mise en scène destinée à rendre James jaloux. Écœurant. Le reste du mobilier ne m'appartenait pas. Ils pouvaient tout garder, à commencer par leurs idées tordues.

En sortant de ma chambre, je marchais presque sur la pointe des pieds, ma valise à la main. Personne dans le hall. Mais ce ne fut que momentané. La porte d'entrée gardée par le lion et celles donnant sur le jardin étaient grandes ouvertes. Un courant d'air fit claquer brutalement celle de ma chambre et James, qui se trouvait dans la cuisine, passa une tête dans le hall pour voir d'où provenait ce bruit. Je me retrouvai donc nez à nez avec lui. La dernière personne au monde que j'avais envie de voir. Ses yeux firent des allers-retours entre ma valise, ma sacoche d'ordinateur et mon regard. Sa barbe de plusieurs jours, sa chemise froissée et son teint blafard trahissaient un profond désarroi. Je ne savais plus quoi penser de lui. Était-il au courant finalement ? Avec le mensonge, tout devient possible.

Il me prit la valise des mains pour la poser à terre et me dit :

— Viens, allons parler. Nous avons des choses à nous dire, je pense.

Nous n'avions rien à nous dire au contraire. Mon téléphone sonna à cet instant. Adriano. Je ne voulais parler à personne, mais, sans le faire exprès, je pris l'appel. Adriano ne me laissa pas le temps de prononcer un mot :

— Salomé, je vais parler très vite pour que tu ne raccroches pas. Je me suis opposé à tout ça dès que Henry m'en a parlé. Crois-moi. Ne flanche pas. Je peux imaginer ton état. Je le redoutais.

Je n'arrivais pas à parler. James ne bougeait pas et me regardait. Je m'éloignai rapidement dans le jardin pour qu'il n'entende pas ma conversation. Je me méfiais de tout et de tout le monde.

— J'ai gardé mon appartement à Lisbonne. Si tu veux, je te laisse les clés, le temps que tu te retournes.

— Comment sais-tu que je suis sur le départ ? lui demandai-je.

— Je veille sur toi de loin depuis des jours. Je t'ai vu sortir en trombe de la *tiny house* de Millie. J'ai tout de suite compris que tu avais lu sa lettre. Henry m'avait dit que Millie allait tout t'expliquer et que tu découvrirais son message après sa mort. Pars en taxi ou fais du stop. Je t'envoie l'adresse de mon appartement par texto et je préviens la concierge que tu arrives. Elle te donnera les clés. Prends tout le temps qu'il te faut, et appelle-moi quand tu en ressentiras le besoin.

Je tombai des nues. Adriano veillait de loin sur moi ? Vraiment ? Mais j'avais besoin de croire au moins une personne ici, aussi j'acceptai sa proposition, le remerciai puis retournai dans le hall récupérer mes affaires. James était resté au même endroit, comme statufié. Le lion sur la porte grande ouverte nous observait. « Je pars » fut la seule chose que j'eus la force de lui dire, tout en agrippant la poignée de la valise. Elle était lourde et roula difficilement sur les gravillons devant l'entrée.

Depuis le perron, James me lança d'une voix désespérée :

— Je ne sais pas où tu vas, mais je comprends. Henry m'a remis une lettre de Millie hier soir. J'ai tout découvert en même temps de toi. Je suis absolument désolé. Elle a agi par amour… Essaie de lui pardonner.

Ce fut notre dernier échange. Revoir l'océan, Lisbonne et ses quartiers pittoresques serait ma bouée de sauvetage.

***

Depuis mon arrivée dans le petit appartement d'Adriano, cinq jours auparavant, j'avais gardé mon téléphone et mon ordinateur éteints. J'arpentais la ville à pied durant des heures, pour ne pas penser, pour pulvériser ma douleur. J'avais besoin d'un silence absolu et je ne voulais croiser personne, pas même la concierge.

L'appartement, situé au premier étage d'un immeuble refait à neuf et repeint dans un bleu pâle, non loin de la célèbre avenue da Liberdade, était décoré avec raffinement. Je n'avais qu'à faire quelques pas pour prendre un tramway jaune typique, ou me perdre dans les quartiers que je ne connaissais pas encore. J'aimais particulièrement me rendre près des docks, ces anciens entrepôts de commerce maritime construits le long du Tage. Je faisais partie des touristes qui admiraient le coucher de soleil, assise sur un muret le long du fleuve, hypnotisée par la rive sud de la capitale, le pont Vasco de Gama, construit pour l'exposition universelle de 1998, le Cristo Rei, les bras levés, bénissant la ville.

Je ne croyais plus à rien d'élevé, de spirituel. Je n'avais jamais cru à quoi que ce soit, dans le fond, et j'avais juste eu des moments d'inattention en écoutant Pacôme jouer au piano. Là, j'avais cru entrapercevoir quelque chose de plus grand que moi, un mystère, et j'avais aimé l'idée que j'accédais, grâce à cette musique, à une immensité, protectrice, où je pouvais acquérir des connaissances inédites, dans laquelle une parcelle de moi, éternelle, se lovait et progressait au fil des expériences.

Désormais, je me sentais en sursis, car je n'étais pas censée être là. Mais où étais-je censée être, je ne le savais toujours pas malgré les mois passés, et je me méprisais pour ça.

Un soir, les pieds douloureux d'avoir tant marché, les sandales pleines de poussière, les cheveux détachés, en bataille, je rentrai à l'appartement éreintée. Tout ce que je désirais, c'était m'affaler sur le lit tout habillée sans manger et dormir, dormir pour fuir mes pensées qui tournaient en boucle en me repassant le scénario des jours passés. C'était sans compter sur l'imprévu. Adriano m'attendait sur le palier, assis sur la dernière marche de l'escalier.

— Salomé ! Bonjour. Je suis désolé de te surprendre, mais tu ne réponds pas à ton téléphone depuis ton arrivée et je suis inquiet. Je me doute que me voir est la dernière des choses que tu désires, pourtant nous devons parler, toi et moi.

— Laisse-moi tranquille, s'il te plaît, Adriano. Je suis vidée, j'ai besoin de dormir. Merci pour l'appartement, je me repose bien ici. Je vais te le rendre bientôt, bientôt...

— Je ne viens pas pour ça. Tu peux rester autant de temps que tu veux. Viens, allons boire un verre. Cela ne te fera pas de mal !

Je n'avais pas la force de résister. Il me prit le bras, comme le faisait Henry, avec cette chaleur et cette simplicité qui mettaient tout de suite à l'aise. J'avais besoin de ce contact, de cette proximité, en fait. Dix minutes plus tard, il m'entraînait dans le patio d'un hôtel, que j'étais bien incapable de situer. Confortablement installés dans un canapé, la boisson que l'on me servit me brûla la gorge. Dans cette atmosphère pleine de vie, je sentis que mon corps et mon esprit se détendaient enfin peu à peu.

Sans attendre, Adriano alla droit au but.

— Tu es en colère. Mais je veux que tu saches que, même si je n'ai pas cautionné l'idée de Millie, elle voulait agir pour sauver *Yellow*. Et je peux t'assurer qu'elle était très attachée à toi. Nous le sommes tous. Si elle nous voit, elle doit être navrée du fiasco dans lequel nous sommes plongés depuis ton départ précipité. Henry ne veut plus me parler, il pense que je suis contre lui. Plusieurs personnes veulent partir, elles aussi. Sans Samir, tout partirait en sucette. Je ne pouvais pas te laisser plus longtemps sans savoir. Henry pense que tu le rejettes complètement, que tu ne veux plus jamais le revoir. Sensible comme il est, il est capable de faire une dépression. Mais je parle comme un moulin. Et toi, comment vas-tu ?

Je restai fermée à cet encouragement à parler. Adriano n'eut d'autre choix que de poursuivre.

— Tu dois penser aux autres, Salomé. Tout le monde compte sur toi depuis des mois. Tu es un des principaux piliers. Si tu flanches, on flanche avec toi. Millie t'a peut-être manipulée, n'empêche qu'elle avait vu juste. Tu es bien celle qui doit reprendre en main *Yellow*. L'inauguration est prévue dans une semaine ! J'ai appelé Paolo, le peintre, il veut te parler. Il est bouleversé par le décès de Millie et par ta réaction. Pacôme s'isole dans la bibliothèque et joue du piano toute la journée, comme un zombie. Violette a changé de comportement. Elle refuse désormais toute nourriture. Et les demandes affluent toujours autant, nous n'arrivons pas à répondre à tous. Pire, que leur répondre ? Quant à James…

— Quoi, James ?

Je craignais qu'Adriano aborde ce sujet. Mais forcément, il devait tôt ou tard être mis sur la table. Je commandai un porto, que je mourais d'envie de boire cul sec.

— James est meurtri. Imagine. Sa sœur vient de nous quitter. Il découvre comme toi, dans une lettre, qu'elle lui avait caché sa maladie et qu'elle avait tout programmé, y compris sa relation avec toi. Il adorait Millie, mais il lui en veut beaucoup. Il se sent doublement trahi et ne peut même pas le lui dire en face. Exactement comme toi, je suppose. Vous vous trouvez tous les deux dans une situation vraiment difficile.

— Oui, c'est vrai, répondis-je presque en chuchotant, l'esprit engourdi par la fatigue.

À cet instant, Adriano fit un signe de tête en direction d'une pièce que je n'avais pas remarquée en arrivant. James apparut dans le patio. Il me regarda longuement et hésita avant de s'avancer, ne sachant s'il devait me sourire ou se retenir. Les propos d'Adriano m'aidèrent à réaliser combien sa situation était terrible. Six ans après ses parents, sa sœur décédait à son tour, alors qu'elle n'avait que 41 ans. Il portait sur les épaules un fardeau inouï, et j'eus soudain honte de mon comportement. Aveuglée par la colère, par la blessure de cette nouvelle trahison, je m'étais isolée et n'avais pensé qu'à moi, en occultant tous ceux qui m'avaient entourée. En rejetant Millie et Henry, j'avais mis tout le monde dans le même panier, sans considération pour leurs propres souffrances.

Je ne m'attendais pas à être aussi heureuse de le revoir. Mais son allure, sa démarche, son style me rappelaient les derniers moments passés à ses côtés. J'avais l'impression de mieux le cerner depuis qu'il s'était confié à moi à l'hôpital, dans la salle d'attente, puis au chevet de sa sœur. Je ne pouvais lui en vouloir, en réalité. Tout comme moi, il avait été victime des silences de sa sœur et de sa vaste manipulation.

— James, merci d'être venu, lui dis-je tout en l'invitant à s'asseoir près de moi sur le canapé. Je sais que ce doit être très compliqué pour toi.

La présence d'Adriano facilitait nos retrouvailles. Il manquait Henry et bien sûr Millie pour que tout soit exactement comme avant. Des images de nous tous réunis dans la salle de travail, jusqu'à des heures très tardives, remontèrent à la surface. L'odeur de café. Les dessins qui devenaient de plus en plus précis à mesure que les semaines avançaient. Nous étions tous acteurs de ce que nous étions en train de créer. Dans cette effervescence stimulante et créatrice, j'avais vécu une seconde naissance. Et avec eux tous, j'avais trouvé une véritable famille.

James voulut immédiatement parler des deux fameuses lettres.

— J'en ai terriblement voulu à Millie tous ces jours-ci, tu sais. Ainsi qu'à Henry. Adriano, tu as été d'un soutien incroyable pour Salomé, en lui prêtant ton appartement. Ma sœur a toujours fait les choses à l'instinct, et Henry aurait sûrement pu la raisonner pour l'empêcher d'agir tel qu'elle l'a fait. Mais j'ai relu sa lettre des dizaines de fois et hier, j'ai enfin su lire entre les lignes. J'ai compris qu'en fait, ses choix et ses actes étaient magnifiques. Courageux, héroïques, même. Jamais je n'aurais pas été capable de porter tout cela seul : une maladie terrible, une fin proche et inéluctable, et malgré tout, un lieu à faire vivre puis à sauver, un frère à épargner, la relève à assurer en te faisant venir, Salomé, puis en te formant. Avec le recul, je me dis que, si elle m'avait tout de suite averti pour son cancer, j'aurais paniqué, je me serais sûrement effondré, et je n'aurais pas été en mesure de la soutenir dignement. La disparition de nos parents a été un cataclysme pour nous deux, mais contrairement à Millie, j'ai préféré fuir la réalité par mes voyages incessants, j'en suis bien conscient. J'ai laissé ma sœur porter absolument tout, et je n'en suis pas fier. Sans elle, nous n'en serions pas là aujourd'hui, à une semaine de l'inauguration. Elle est partie après nous avoir sauvés, tel un ange. Salomé, tu t'es construit une vie ici, avec nous. Tu aurais pu repartir à Paris. Rien ne t'obligeait à rester. Et pourtant, tu ne l'as pas fait. Et puis…

Il avait en tout point raison. Avec ce changement de perspective, les choses s'emboîtaient autrement. Nous sauver… C'était la raison pour laquelle Henry avait accepté de garder le secret. Avec lui, elle avait pu tenir jour après jour malgré l'angoisse, voyager pour tenter de se faire soigner, et m'aider patiemment à prendre mes marques. Tout sonnait juste.

James, qui avait vu que j'avais l'esprit ailleurs, s'était interrompu, puis il reprit :

— Je disais… et puis à présent, il y a Millie entre nous. Mais je veux que tu saches que, même sans elle, tout ce qui s'est passé serait arrivé. Et elle le savait pertinemment. Il y a de cela des années, ce que nous avons vécu à Paris m'a beaucoup marqué. J'avais d'ailleurs dit à ma sœur que j'aurais aimé ne jamais repartir.

— Excuse-moi, lui répondis-je, mais cela ne m'a pas sauté aux yeux… Tu as pris ton sac et tu es parti sans te retourner.

— Je sais… Je n'ai pas su prendre la bonne décision, trop préoccupé par mon avenir professionnel… Dis-moi, veux-tu rentrer à *Yellow* maintenant ?

— Non, merci, pas tout de suite.

Je préférais rester une nuit et une journée de plus à Lisbonne pour réfléchir à tout ce qui se jouait. Les garçons n'insistèrent pas. James me dit qu'il viendrait me chercher quand je le déciderais. Mais de toute manière, je ne pouvais repousser mon retour bien longtemps. Le surlendemain avait lieu l'enterrement de Millie. Les autorités ecclésiastiques avaient enfin donné leur accord et ses dernières volontés allaient pouvoir être respectées : la messe serait célébrée dans la chapelle du palais de la Regaleira, de rite catholique, mais selon le rite anglican de ses ancêtres, comme pour ses parents.

***

Sous un ciel couleur sépia, les funérailles furent célébrées dans la toute petite chapelle. Tout le monde connaissait l'attachement de Millie pour cet endroit, mais il était bien trop petit pour accueillir tous ceux qui venaient lui faire un dernier « adieu ». Des enceintes et des chaises avaient donc été installées tout autour de la chapelle, pour que tout le monde puisse suivre la cérémonie. Sa famille proche et éloignée était venue d'Angleterre. Mes parents avaient fait le voyage, eux aussi. Les résidents et anciens résidents étaient tous là, également, ainsi que des personnes avec qui elle avait travaillé régulièrement à l'étranger. Et bien sûr, Pacôme, Claudio, Andrea… Il y avait tant de monde, et de tant d'horizon, que cela en était bouleversant.

J'avais aussi disposé, tout autour de la chapelle, des tissus de couleurs vives attachés à un long fil circulaire. Dessus, chacun des membres de la Maison Jaune avait inscrit un mot, une prière, un poème, le souvenir d'un moment marquant passé avec elle. J'avais revêtu une tenue blanche, tout comme James, Henry, Adriano et Samir. À la fin de la cérémonie, une soliste, accompagnée de deux guitaristes, chanta du fado. On aurait dit qu'une pluie de *saudade* se répandait sur l'assemblée. La *saudade* exprime la tristesse mélancolique du peuple portugais face à cet océan Atlantique dont on ne revient pas toujours, face au temps qui passe, à l'absence, à l'incertitude, au manque des choses révolues. Dans ce mot réside tout le regret de ce que l'on aurait pu devenir. Ce chant prolongeait notre chagrin immense, et en même temps l'apaisait. James me jetait des regards furtifs. J'y lisais une indicible émotion. Nos mains se tenaient et, entre nous, circulait tout l'amour que nous éprouvions pour elle, et tellement plus. Dans cette solennité, elle était plus que pardonnée. Elle était adorée.

Après la cérémonie et la petite réception organisée à *Yellow*, James, Henry Adriano, Samir et moi-même filâmes dès que nous le pûmes à la Tour inversée, dans les jardins du palais de la Regaleira. Nous empruntâmes lentement l'escalier qui descendait vers le fond de ce puits initiatique. Au fur et à mesure, les souvenirs remontaient : cette soirée à Cascais où nous avions dansé jusqu'au petit matin, la première réunion avec l'élu de Sintra, suant et sentant le cigare froid, notre rencontre avec Samir, l'arrivée de la jument Violette grâce à Andrea… Je revoyais aussi la silhouette de Millie à l'aéroport de Lisbonne, sa Méhari orange, ses cheveux au vent. C'en était trop pour moi. Mes compagnons avaient dû, eux aussi, être confrontés à leurs propres souvenirs, car, du fond du puits, nous levâmes au même instant nos visages creusés vers la lumière, qui nous réchauffa, et nous invoquâmes l'aide du Ciel pour tenir face à l'inacceptable.

***

Lettre à mon arbre de Jade

Je n'ai plus envie d'écrire. Les mots ne viennent plus. La feuille demeure obstinément blanche.

***

Le lendemain soir, les cendres de Millie furent dispersées à Cabo da Roca. Elle ne pouvait rêver mieux, pour partir, que les ailes d'un léger vent marin, elle qui aimait tant la mer. Les falaises escarpées du fameux cap rougeoyaient jusqu'à l'incandescence dans le soleil couchant. Quand les embruns emportèrent les poussières de son corps, nous volant définitivement notre amie, j'éprouvai un tel vertige que je fermai les yeux et me blottis dans les bras de James. Mais contre toute attente, je repris rapidement mes esprits. Je me sentais choisie pour poursuivre ce que Millie avait construit, malgré ceux qui avaient tenté de m'éloigner de cette mission et les bouleversements, doutes des derniers jours. Elle m'avait plongée dans son univers, avec une conviction et une patience infinies, sachant avant l'heure qu'elle me passait le flambeau.

Un de ses textes, lu par James durant la petite réception commémorative, me revenait sans cesse à l'esprit : « *Toute notre société repose sur la concurrence, le conflit, la rivalité, et nous sommes tous conditionnés pour nous battre, pour être le plus fort. Nous avons intégré ces principes dans nos vies à nos dépens. Nous devons nous ouvrir à une nouvelle histoire. Nous devons privilégier la coopération et le partage. Nous formons une seule et même grande famille. Comment embellir la journée des autres, comment contribuer à un monde nouveau sont les seules questions que nous devrions nous poser. Je choisis de croire en la nature, en nous, en notre capacité insoupçonnée à dialoguer dans un esprit de bonne intelligence. La musique, entre autres, prouve que des champs d'information nous relient. Nous devons entendre l'appel du bon sens, nous devons franchir un cap et affronter nos pires démons, à savoir nos propres peurs. Nous nous trouvons véritablement face à un choix et à un tournant de l'Histoire de l'humanité. Le choix que nous ferons déterminera tout notre avenir.* »

16.

« Imagine qu'il n'y ait ni paradis…,
ni pays…, ni religion. »

Le 15 juin, jour de l'inauguration, *Yellow* était quasiment finie. Un vrai tour de force, puisque nous avions fait réaménager toute la Maison Jaune et fait construire quatre nouvelles structures ainsi qu'une piscine ! Le temps était avec nous. Un ciel d'azur et une température qui frôlait les 25 degrés allaient nous permettre de vivre le lancement des festivités dans les meilleures conditions. Dans la Maison, la grande cuisine restait réservée aux résidents, tout comme les chambres, que nous avions modernisées. L'hôtel et le restaurant flambant neufs accueillaient, quant à eux, tous nos invités.

Des paysagistes avaient embelli l'allée menant jusqu'au perron de palmiers, de graminées et de grandes jarres. Dès l'entrée, une sensation de bien-être devait envahir chaque visiteur.

Mais le plus gros des travaux et la véritable métamorphose avaient eu lieu derrière la Maison — les *tiny houses*, elles, n'avaient pas bougé. Un grand jardin arboré, à la pelouse tondue à la perfection, où coulaient des ruisseaux, menait jusqu'à une grande piscine à débordement. Les dernières techniques géothermiques avaient été mises en place pour traiter l'eau naturellement. Jouxtant cet ensemble, une grande terrasse devançait un restaurant gastronomique, qui proposait de la cuisine bio et n'utilisait que des produits locaux ou régionaux. Un chef dynamique et toute une équipe, composée de personnes habitant Sintra, avaient été recrutés. Quant à notre potager, qui allait fournir le restaurant en tomates et autres fruits et légumes, il s'étalait à proximité de la piscine et du restaurant. Un dédale de petits chemins guidait les visiteurs vers des bâtiments à la rondeur toute féminine, faisant honneur à la requête de Millie qui ne cessait de dire : « Je déteste les angles. C'est agressif. On vit dans un monde trop masculin. » L'auditorium, situé dans le grand dôme, pouvait accueillir 200 personnes environ. Dans les salles adjacentes, un équipement high-tech était installé pour faciliter les visioconférences. Et des branchements de toutes sortes permettraient d'inventer et de prototyper de nouveaux produits. Le pari était un peu fou. Mais nous voulions tous le relever et le plus dur nous attendait : faire vivre *Yellow*, assurer sa pérennité et sa notoriété et, surtout, cultiver ce climat à la fois visionnaire et chaleureux insufflé par Millie dès les premières heures.

***

Le grand jour arriva enfin. Nous n'attendions pas moins de 150 personnalités : des décideurs de la région de Lisbonne, des chefs d'entreprise, des scientifiques de renom, des artistes visionnaires… De nombreuses célébrités issues de la jet-set lisboète avaient confirmé leur présence. Mais ceux qui allaient être tout particulièrement mis à l'honneur seraient les habitants de Sintra, formés pour travailler dans différents domaines au sein de *Yellow*. Ils étaient la richesse de notre concept et notre fierté. Nous avions créé de l'emploi, valorisé tous types de profil et redonné un horizon à des familles en difficulté.

Claudio, le peintre espagnol, se trouvait aussi parmi nous. L'inauguration était l'occasion idéale de présenter ses créations magnifiques, qui étaient itinérantes. Une dizaine de tableaux de 3 mètres sur 2, dans lesquels la couleur éclatait, étaient exposés dans plusieurs pièces du restaurant et de l'hôtel. Ils symbolisaient notre volonté de mettre l'art au cœur du projet. Nous avions aussi convié de nombreux musiciens que nous avions installés dans différents endroits à l'intérieur comme à l'extérieur. Nous avions veillé à la diversité de nos choix afin d'offrir à nos invités un large éventail musical : une chanteuse lyrique dans le jardin, un jazzman avec son saxophone dans la salle de sport, un batteur accompagné d'un guitariste dans la salle de coworking, et enfin un DJ dans le grand dôme. Les pierres fines et ornementales dissimulées dans les murs un peu partout contribuaient, elles aussi, à insuffler une vibration particulière.

Dans le hall d'entrée de la Maison Jaune, un grand portrait de Millie, en couleur et encadré, était posé sur un chevalet et un livre d'or ouvert se tenait à la disposition de chacun.

Une heure avant l'arrivée des premiers invités, la tension était à son comble et James demeurait introuvable. J'avais envie d'appeler Millie au secours, comme je le faisais souvent dans ces cas-là, pour lui demander conseil, et pour qu'elle m'aide à maîtriser la situation. Mais elle n'était plus là, et je me liquéfiais sur place. Je me sentais soudain si seule face à l'ampleur de l'événement. Je me demandai si elle était là, près de moi, invisible. D'où elle était, pouvait-elle se déplacer par la pensée ? Veillait-elle sur nous et sur les lieux ? Ses tatouages, sa mèche blanchie en si peu de temps et son allure de gitane s'imposèrent à mon esprit survolté. Je serrai fort son pendentif, que je portais en permanence autour de mon cou, et je l'appelai à l'aide.

James avait changé depuis que j'étais revenue, après la parenthèse lisboète. Paradoxalement, il avait retrouvé entrain et énergie. Nos visages s'étaient frôlés à plusieurs reprises, mais je laissais ce fragment de quelque chose se développer en moi à son rythme. Je me résolus à partir à sa recherche. Il ne me fallut pas longtemps pour le trouver dans la *tiny house* de Millie, privée de son âme.

Il était debout devant la fenêtre, en smoking, près de ce qui avait été le bureau de sa sœur. Elle y avait sans doute écrit les deux lettres qu'elle nous destinait. Il me sembla qu'il lui parlait. Il tourna la tête vers moi et m'encouragea à le rejoindre avant de murmurer :

— Je crois que je n'y arriverai pas. La Maison Jaune était tout pour elle, elle y tenait bien plus que moi. Et où que j'aille, je la vois partout, car elle est partout.

Puis il prit tendrement mes mains dans les siennes et plongea son regard dans le mien. Ses yeux brillaient de larmes retenues.

— Ensemble, Salomé, nous pouvons faire de *Yellow* une réussite, j'en suis certain. Nous sommes les héritiers de ce qu'elle souhaitait plus que tout : la conjugaison d'un lieu, d'un collectif et d'une démarche généreuse, ambitieuse. Mais je n'y parviendrai pas sans toi. J'ai besoin de toi. Acceptes-tu de rester vivre ici, à mes côtés, afin que l'on poursuive ensemble cette aventure ?

Un « Oui » franc sortit spontanément de ma bouche.

Les anges devaient déjà savoir ce qui se jouait en nous, autour de nous. Longtemps, je n'avais pas voulu laisser émerger cette vérité en moi, ni croire que j'en étais de nouveau capable, mais l'évidence était là : j'aimais et désirais follement James. J'entendais le murmure de Millie, qui avait devancé ce miracle. Nos bouches qui s'étaient tant fuies ne pouvaient désormais que s'unir. Je m'accrochai à lui, à son torse, à son dos, à ses hanches en respirant de tout mon être l'odeur de sa peau. Nos deux corps, nos deux existences s'entremêlaient désormais. Le décès de Millie nous avait insufflé une même urgence de vivre, si bien que le désir qui nous parcourait était intense, affamé. Après des minutes éternelles, nous nous ressaisîmes. Ce n'était pas le moment de tout oublier. *Yellow* allait bientôt se fêter, nous étions attendus. Nos corps devaient patienter encore un peu avant de pouvoir se découvrir.

***

James avait fière allure dans son smoking, et il attirait tous les regards. Je ne l'avais jamais vu sous ce jour. Quand, vers 20 heures, il prit la parole devant l'assemblée, sur une estrade installée pour l'occasion, il ne semblait pas le moins du monde impressionné. Il eut un mot pour chacun, remercia autant sa sœur défunte que Samir, et toute l'équipe qui l'avait accompagné jusque-là. Il annonça que, bientôt, nous allions héberger une trentaine de start-uppers pendant plusieurs mois. L'un d'eux voulait développer une viande propre, qui pourrait permettre une réduction drastique des émissions de gaz à effet de serre. Une jeune trentenaire avait, elle aussi, été sélectionnée. Elle avait l'ambition de démocratiser l'usage des microalgues comme ingrédients alimentaires à l'échelle industrielle. Une petite société serait capable, à terme, de générer de l'électricité à partir de papiers et d'enzymes, tandis qu'une autre était en train d'élaborer la première plante modifiée génétiquement pour dégrader les composés organiques volatils les plus nocifs dans l'air des habitations. Tous ces entrepreneurs avaient présenté des dossiers retenus sur la base de leur impact environnemental ainsi que sur leur capacité à se développer rapidement et à grande échelle. J'avais émis l'idée de créer le Prix Yellow, et toute l'équipe avait approuvé : dans six mois, il était question de remettre des prix aux meilleurs inventeurs en fonction de leurs résultats concrets.

Malgré mon émotion, je me concentrai sur mes hauts talons pour rester bien droite et garder une certaine contenance. Adriano, Henry et Samir me regardèrent en souriant. Je demeurai stoïque, mais Henry me saisit la main, et la serra bien fort. Il semblait heureux et fier. À ce moment-là, James ajouta :

— Comme le disait ma sœur, nous vivons à une époque où les humains cultivent le cynisme et admirent ce qu'il y a de plus vil en l'homme. C'est pourquoi il me semble que nous devons dépasser les limites de l'individualité et embrasser l'altérité, comme me l'a appris Millie. Ici, nous voulons être des acteurs engagés dans la transformation positive de nos sociétés. Nous allons décloisonner, provoquer des rencontres improbables entre des personnes d'horizons très différents. Nous ne nous laisserons pas décourager par les doutes des incrédules. Les découvreurs sont souvent incompris, au début, mais nous sommes là pour eux. Et ce lieu a été créé et pensé à leur intention, afin qu'ils puissent exprimer tous leurs talents.

L'assistance écoutait attentivement. James savait poser sa voix et choisir ses termes. C'était un très bon orateur.

— Avant de vous laisser découvrir les lieux, j'aimerais vous faire écouter une musique composée par un pianiste de talent, Pacôme Lacoste, mon parrain, mon père de substitution. Il a capté tout ce qui fait l'âme de *Yellow*. Avant son départ, ma sœur lui a demandé d'enregistrer ce morceau. Nous avons choisi de le découvrir en même temps que vous. Écoutons-le.

Les premiers accords résonnèrent et, déjà, toute la richesse et la délicatesse stylistique de Pacôme parvenaient aux oreilles de nos hôtes. Puis les notes de piano se matérialisèrent soudain sous mes yeux en petites bulles colorées dansant au-dessus de nos têtes, et je vis, dans l'air, la silhouette de Millie s'avancer vers nous. La mélodie, ample, lumineuse, contrastée, traduisait magnifiquement l'âme de *Yellow*. La musique, à cet instant, m'emplit de joie et je sentis tout mon être s'ouvrir au ciel d'un rosé éclatant qui, bientôt, allait basculer vers la nuit étoilée.

***

La fête battait son plein. Dans le jardin, les invités déambulaient dans les allées, tandis que les verres se vidaient. Nous avions isolé la jument pour que le bruit ne l'affole pas.

Vers minuit, toute cette excitation et cette pléiade d'esprits agités commencèrent à me peser. J'avais envie de retrouver le calme des lieux, les murmures du vent. J'en fis part à Henry, avec qui je buvais un dernier verre. Il partageait le même sentiment. Quand James et Samir nous rejoignirent enfin sur la terrasse, ils riaient, soulagés du bon déroulement des événements.

— Tout va bien, lança James ?

— Oui, très bien, lui répondit Henry. Salomé et moi étions en train de discuter de la soirée. Une sacrée réussite ! Tout le monde paraît content et on ne pouvait rêver plus belle inauguration. Même si Millie nous manque à tous, évidemment. Mais comme nous n'avons pas l'habitude de voir de la foule ici, on trouve un peu étrange toute cette agitation.

— Nous nous sommes fait exactement la même réflexion avec Samir, il y a moins d'une heure, s'exclama James. Comme je vous comprends. Mais rassurez-vous, nous ne renouvellerons pas ce genre de soirée tous les quatre matins !

— On ne tiendrait pas le rythme ! renchérit Samir.

— Alors, prenons une bonne dose d'énergie avant d'enchaîner sur les salutations interminables, conclut James.

Pendant les dernières heures de la soirée, je pus recevoir et honorer les félicitations de nos hôtes, tout en me réjouissant de ce qui se jouait sous nos yeux. Nous prenions un nouveau départ. Une responsabilité énorme pesait sur nos épaules, mais la présence de toutes ces personnes confirmait que nous avions eu raison de nous battre, d'aller jusqu'au bout de notre vision malgré l'adversité et les vents contraires.

Les habitants de Sintra s'étaient approprié les lieux et, sur leur visage, se lisait une grande fierté. Quant à l'adjoint à l'urbanisme, José das Dores Ferreira, il fanfaronnait auprès de qui voulait bien l'entendre en disant qu'il était le premier à avoir su détecter tout le potentiel de notre projet.

Vers 4 heures du matin, une fois les convives partis et la maison endormie, je rejoignis James dans la bibliothèque. Nous étions épuisés, mais nous redoutions tous les deux d'aller nous coucher, craignant que cela ne vienne briser la magie qui était entrée dans notre vie. Il s'assit au piano, et je lui rappelai que tous les occupants des chambres devaient être plongés dans un profond sommeil.

— Ne t'inquiète pas, me répondit-il, tu ne vas pas découvrir tout à coup que je sais jouer comme un dieu. Mais le son du piano fait un peu revivre Millie. Il va falloir trouver une solution pour que cette pièce puisse renaître, elle aussi.

— Moi, je préfère la laisser comme elle est, lui répondis-je en le rejoignant sur le grand tabouret, assez large pour nous deux.

Puis ses yeux bleus, sombres et dévorants, m'attirèrent inexorablement à lui. Il posa ses lèvres brûlantes sur les miennes. Elles avaient un goût de sel. Je me laissai envahir langoureusement par le désir, cueillant ses baisers. Soudain, il rouvrit les yeux et éloigna son visage du mien pour pouvoir mieux me regarder.

— Enfin. Tu es bien là. Tu es si belle… Je croyais que cet instant n'arriverait jamais !

Je ne voulais pas qu'il s'encombre de mots, aussi l'attirai-je à moi pour plonger de nouveau dans ses baisers. Puis il me souleva dans ses bras et traversa le hall, sur lequel donnait ma chambre. Elle était rarement fermée à clé. Et là, dans un élan brûlant que plus rien ne pouvait freiner, nos deux corps s'unirent enfin. Un frisson me parcourut en redécouvrant les cicatrices de ses brûlures, encore si présentes, mais très vite, une confusion amoureuse s'empara de nous et nous dérivâmes vers des contrées isolées du monde.

Vers 9 heures, encore étourdie par ce qui venait de se passer, je me rendis dans la cuisine. Henry s'y trouvait, seul. Il n'avait pas fermé l'œil de la nuit, trop excité par la soirée et la montée d'adrénaline qui l'avait précédée. Il me regarda attentivement et, sans dire un mot, il leva son bol de café vers moi avec un large sourire.

— Félicitations à vous deux. Je suis vraiment ravi pour toi ! Tu as trouvé quelqu'un de rare, qui te complète parfaitement.

Je lui souris et levai mon bol de thé à mon tour. Nul besoin d'ajouter quoi que ce soit. Adriano nous rejoignit et lui aussi comprit d'un seul coup d'œil. Il me prit dans ses bras et me fit tournoyer avec de joyeux « Hip hip hip ! Hourra ! » J'étais si bien avec eux.

J'ignorais où cette histoire allait nous mener, James et moi, mais je savais que j'étais prête pour la douceur et les tourments inhérents à la vie à deux. Nous avions déjà traversé tant de choses ensemble, nous avions déjà failli tant de fois nous perdre, que, pour la première fois de ma vie, j'abordais l'avenir avec sérénité et confiance.

***

Lettre à mon arbre de Jade

Nous avons fait l'amour. J'ai encore du mal à y croire. Le désir a balayé tout ce qui me retenait. La gêne, la peur, la honte…

James est un amant incroyable. Attentif, passionné, généreux. Et soudain, le désir d'écrire revient. L'élan créatif aussi. Une idée est en train de germer : raconter dans un livre toute cette période de ma vie. Pour dire aux femmes blessées qu'elles ont le droit d'aimer de nouveau, de retrouver la confiance, de s'abandonner sans réserve. Qu'elles peuvent, en s'autorisant à voir plus grand, allumer le soleil avec une bougie.

17.

« Chacun est le reflet de la musique qu'il écoute. »

Un an plus tard, tous les indicateurs étaient au vert pour *Yellow*. Les constructions et les changements n'avaient mis à mal ni le site ni le parc. Bien au contraire, ils les valorisaient. Les résidents de la première heure demeuraient parmi nous, les nouveaux arrivés et les habitants de Sintra comme des environs adhéraient pleinement à ce que nous mettions en place. Ils participaient activement au programme proposé chaque semaine. Les ateliers sur la nutrition, le leadership, les nouvelles technologies, l'éducation ou le zéro déchet affichaient très souvent « complet ». Animés par des experts reconnus, ils attiraient également des personnes de tout horizon. Encouragée par ce succès, je commençais à planifier des séminaires consacrés à la défense de l'environnement, et plus particulièrement à celle des océans, du fait de notre situation géographique. La demande était forte dans ce domaine.

Le grand dôme connaissait un succès grandissant et les conférences, diffusées en visio, attiraient de plus en plus d'auditeurs du monde entier. Nous commencions à nouer des partenariats avec des structures de recherche et de développement européennes et américaines, qui s'annonçaient fructueux. Des concepteurs et des créateurs passaient des heures dans les salles techniques qui leur étaient dédiées, et nous suivions avec attention les progrès des start-up que nous avions sélectionnées. Leurs recherches en matière d'écologie et de biodiversité allaient rapidement intéresser des laboratoires et des industries très pointues.

La notoriété de *Yellow* ne cessait de croître grâce aux réseaux sociaux et il devint difficile de répondre favorablement à toutes les demandes, qui émanaient de partout. Des Américains, des Turcs, des Norvégiens, des Australiens, des Chinois voulaient séjourner à l'hôtel. Certains réservaient des mois à l'avance, prêts à payer au-delà du prix demandé pour loger dans le peu de chambres VIP que nous avions aménagées. D'autres espéraient être accueillis en résidence durant plusieurs semaines, le temps d'élaborer ou d'affiner leur projet.

Nous sélectionnions les dossiers avec le plus grand sérieux, mais les enjeux scientifiques ou techniques nous dépassaient la plupart du temps, si bien que nous avions mis en place un comité spécifique, chargé de cette sélection pour nous.

Avoir Samir à nos côtés renforçait notre dimension internationale. Depuis le début, et malgré la distance, il nous avait soutenus de toutes les façons possibles, notamment dans les moments les plus difficiles. Il semblait plus que satisfait d'avoir misé sur nous, car, par-delà l'amitié, cela soutenait la politique de développement de certaines de ses sociétés en Europe. Il privatisait également l'hôtel, le restaurant et la piscine chaque trimestre pour une semaine, et y invitait, tous frais payés, ses meilleurs clients et ses partenaires en affaires. C'était une excellente opération de communication pour lui et cela nous permettait, de notre côté, de fidéliser cette clientèle.

Comme nous proposions, par ailleurs, un cadre idéal pour les séminaires et les colloques, mon carnet d'adresses parisien s'était révélé fort utile. J'avais renoué de nombreux contacts et les premières retombées s'avéraient très prometteuses.

Régulièrement, je me retirais dans le jardin pour écouter la musique de Pacôme destinée aux plantes, ou bien je montais Violette et nous faisions de belles balades toutes les deux dans la nature environnante. Cela me permettait de m'ancrer et de garder les pieds sur terre.

Il nous fallut rapidement recruter du personnel qualifié pour que *Yellow* soit solide et devienne une référence : un directeur, une assistante pour m'épauler et un comptable. Ni James, ni Henry, ni moi n'avions toutes les compétences nécessaires désormais. Si le management de *Yellow* avait plu à James au début, il était vite apparu qu'il aimait trop l'exploration et les voyages pour ne pas partir régulièrement dénicher des pierres dans des mines non répertoriées. Et puisque le monde implorait d'être réinventé de toutes parts, il était convaincu que l'univers des gemmes devait, lui aussi, revoir ses méthodes envers les populations vivant de l'extraction et de la vente des pierres, très souvent exploitées. Il avait commencé à militer pour davantage d'éthique dans ce domaine et il ralliait de plus en plus de personnes à sa cause.

Un directeur fut donc embauché, qui s'appelait Augusto. Portugais, il avait suivi de hautes études à Londres et, à 35 ans, il ne rêvait que de carrière, d'innovation et d'opportunités pour aller le plus loin possible. Il avait fait preuve de beaucoup de détermination pour obtenir le poste. Sympathique, malgré son ambition, d'excellente présentation, parlant couramment quatre langues, James, Henry,

Samir et moi avions validé sa candidature après quatre entretiens, réalisés pour partie en visioconférence — notre ami émirati était un homme très occupé. Et nous ne nous étions pas trompés. Augusto était comme un poisson dans l'eau ici. À peine trois mois après son recrutement, il avait déjà déjeuné avec tous les maires de la région. Il était bon stratège, savait manier les chiffres et convaincre avec souplesse. Et surtout, il avait eu l'intelligence de nouer de solides amitiés avec les résidents et certaines personnes clé de la région. James pouvait donc s'absenter l'esprit tranquille.

Quant à moi, je m'occupais toujours de la communication de *Yellow*, qui était cruciale, et je m'étais spécialisée dans l'accompagnement par le cheval, auquel je consacrais deux jours par semaine. Au début, j'avais aidé nos équipes en interne par cette expérience cognitive et comportementale afin que chacun puisse trouver la bonne posture par rapport à son emploi et à *Yellow*. Tous, de la personne de l'accueil aux managers, étaient passés par le manège et avaient posé des questions à Violette. Elle avait l'art de se faire comprendre par ses réactions très expressives. Ses réponses étaient souvent surprenantes, mais toujours bénéfiques pour la personne. Puis peu à peu, j'avais ouvert l'expérience à des équipes en entreprise. Comme les retours étaient plutôt bons, cela m'avait encouragée à développer cette activité et bientôt, d'autres chevaux viendraient vivre à *Yellow*.

J'étais restée en relation avec Andrea. Il m'aidait à enrichir et à affiner ma pratique par son expérience et ses conseils judicieux. Nous faisions régulièrement le même constat : comme le révélait souvent Violette, le dominant, dans une équipe, n'est pas toujours le leader établi, et les vérités personnelles, une fois entendues, permettent à chacun de travailler en étant plus en accord avec lui-même.

***

Entourée de James et de mes amis, je me sentais portée et protégée en quelque sorte, ce qui me permettait de faire calmement face aux difficultés quotidiennes. Par ailleurs, je faisais des songes de plus en plus étonnants sur les personnes que je rencontrais. Je devinais leurs préoccupations, leurs problèmes ou leurs failles et, souvent, l'avenir me donnait raison. Mes perceptions s'aiguisaient de manière surprenante.

— Depuis quand as-tu observé ce phénomène ? me demanda James, lors d'un tête-à-tête amoureux dans un restaurant à Cascais.

— Je ne sais pas vraiment. Depuis plusieurs mois, peut-être.

— Essaie d'être plus précise.

— Mais pourquoi ? Est-ce si important ?

— Si tu veux des réponses, j'ai besoin d'en savoir un peu plus.

— Eh bien, disons depuis presque un an…

— Depuis la mort de Millie, c'est ça ?

— Oui. J'ai aussi remarqué que… je sens le goût des formes. C'est difficile à expliquer. Et les sons ont une odeur, ou alors je les visualise très clairement. Je t'assure, ce ne sont pas des hallucinations ! La première fois que cela s'est produit, c'était durant l'inauguration de *Yellow*, quand on a écouté la captation d'âme composée par Pacôme. Les notes de musique se sont transformées en jolies bulles colorées qui dansaient au-dessus de nos têtes. Et cela s'est accentué depuis que j'écris dans mon carnet. Je vois les mots se profiler dans mon esprit, avec toutes sortes de couleurs.

— Eh bien, tu es tout simplement synesthésique, comme Claudio, le peintre. Un jour, il m'a appris que Kandinsky, par exemple, peignait des musiques. Nabokov disait : « Le *a* de l'alphabet anglais a pour moi la nuance du bois sec, mais un *a* français évoque l'ébène polie. » Frantz Liszt, Albert Einstein et Nicolas de Staël l'étaient eux aussi. Comme

David Hockey de nos jours. C'est sans doute le piano qui a été l'élément déclencheur. Millie m'a décrit exactement les mêmes phénomènes après la mort de nos parents. C'est pour cela que ce que tu me dis ne m'étonne pas davantage.

— Mais elle ne m'en a jamais parlé ! Et après, tout a disparu pour elle ?

— Non, cela a perduré dans le temps. Mais elle s'y est faite, et l'a intégré dans son existence quotidienne. C'est à ton tour, maintenant.

— Mais toi, tu n'as pas ce don ?

— Non. Les bonnes fées ne se sont penchées que sur Millie et toi, ce qui ne me surprend pas. Vous étiez liées par un fil invisible. Peut-être l'êtes-vous encore…

J'étais un peu dépassée. Pendant longtemps, j'avais eu une existence plutôt banale, et seule mon entreprise m'avait apporté de la satisfaction. Le reste n'avait été que déceptions et arrangements avec mes rêves inaboutis. Dans le fond, j'ignorais quels étaient mes vrais désirs. Je n'avais jamais cherché à les identifier, ou bien je les avais étouffés à cause d'un mariage plus que raté. Pourtant le destin, s'il existait, ne m'avait pas oubliée. Il fallait croire qu'il avait retrouvé ma trace, et mettait à présent de la couleur dans ma vie partout où il le pouvait.

ÉPILOGUE

Une vie s'était volatilisée. Une autre arrivait. J'attendais une fille. Mon giron était maintenant bien rond. J'approchais du terme. Un matin, tôt, je laissai tout en plan et je filai à Cabo da Roca pour respirer l'air pur de cette journée ensoleillée. Le lieu n'était pas encore investi par les nombreux touristes habituels. J'en profitai pour soulever mon tee-shirt et montrer mon ventre à la mer, tout en parlant à celle qui allait porter le prénom d'Évangélina. Elle pointait vers l'horizon, bougeait et dansait dans son cocon amniotique. Tout en regardant au loin, les cheveux au vent, respirant les embruns, mon téléphone sonna. Étonnée que le réseau ait pu passer ici alors que j'étais si loin de tout, je décrochai.

— Allô ? Salomé ? C'est Valérie.

— Valérie ! Quelle surprise ! Excuse-moi si tu ne m'entends pas très bien. Je suis dans un endroit très venté.

Depuis mon expatriation, mon ancienne voisine et amie m'appelait de temps en temps pour me raconter ses hauts et ses bas et prendre de mes nouvelles. J'aimais cette relation qui avait su évoluer avec le temps.

— Ce n'est pas grave. On se rappellera. C'était juste pour te dire que j'envisage de venir te voir prochainement. Aurais-tu un moment à me consacrer ?

Je n'eus pas le temps de répondre. La conversation fut coupée. Je m'assis. Et une première contraction me prit par surprise. Puis une deuxième. Puis une troisième. Le rythme s'accéléra. Je suffoquais. Je devais agir vite. Un car arrivait au loin. Je fis de grands signes de la main et des personnes en descendirent pour venir à ma rencontre. Je n'avais jamais autant apprécié la présence de touristes à Cabo da Roca.

La guide de ce groupe de Chinois et plusieurs passagers m'entourèrent. Deux femmes demandèrent aux hommes, dans leur langue, de me soulever et de me porter jusqu'au bus. Je serrais les dents, mais j'avais du mal à cacher la violente douleur que provoquaient les contractions. Le conducteur, portugais heureusement, après m'avoir demandé qui il pouvait appeler, contacta aussitôt James et le mit au courant de la situation. J'étais allongée sur les deux sièges avant, les deux jambes repliées pour atténuer la douleur lombaire. Les touristes chinois, une bonne trentaine, se taisaient, sidérés. Le conducteur fila rapidement vers l'hôpital le plus proche pour éviter une naissance dans son véhicule.

Nous arrivâmes vingt minutes plus tard. James m'attendait devant les urgences avec des brancardiers. Je n'eus même pas le temps de remercier les passagers qui m'avaient aidée. Je fus emmenée dans des couloirs d'un blanc immaculé. Une sage-femme me prit la main et m'adressa des paroles rassurantes jusqu'à mon arrivée dans la salle de travail. Les contractions s'accéléraient. Tout s'ouvrait en moi pour accueillir la vie. Malgré le déchirement de ma chair, je restais concentrée pour ne pas être submergée par la panique et la souffrance. Je tenais aussi à garder le contact avec mon enfant tout au long de cette épreuve, jusqu'à la délivrance.

— Tout va bien, votre bébé arrive. Poussez, Madame, poussez !

En trente-cinq minutes, je mis au monde une petite fille de 2 kilos 800 grammes, qui se présenta par le siège, histoire de ne pas faire comme tout le monde. Évangélina. Elle criait à perdre haleine. On la posa sur mon ventre, et comme un petit animal, elle renifla mon odeur et trouva bientôt mon sein. Elle aspira mon téton sous le regard satisfait des sages-femmes. L'accouchement s'était déroulé très rapidement, sans péridurale. Bien sûr, ce que je venais de vivre était propre à toutes les mères depuis la nuit des temps. Mais, à mes yeux, c'était un moment absolument unique. À mes côtés, James avait les yeux rivés sur sa fille et il l'accompagna, tout ému, pour sa première toilette. Je fus rapidement installée dans une chambre avec elle, au rez-de-chaussée. La baie vitrée était légèrement entrouverte pour laisser entrer l'air frais, et j'entendais le bruissement du cèdre du Liban qui avait été planté devant.

Deux heures plus tard, une rumeur monta dans le couloir. On frappa à la porte. En les voyant, je ne pus retenir mon étonnement. Tous les touristes chinois qui m'avaient aidée étaient là, ainsi que le conducteur du car. Ils avaient attendu de savoir si tout s'était bien passé. Ils restèrent massés dans l'embrasure de la porte, tentant d'apercevoir Évangélina qui, déjà, tétait goulûment. Puis Henry arriva à son tour en courant. De toute évidence, à l'expression de son visage, il ne comprenait pas la présence de tous ces gens.

Qui sait ? Évangélina allait peut-être tisser un lien fort avec la Chine ? Mais déjà, elle portait en elle des influences de l'Angleterre, de la France et du Portugal. Riche de ce bagage, peut-être allait-elle relever de grands défis, non pas seule, mais avec tous ceux qui désireraient, comme chacun de nous à *Yellow*, être un rouage du futur, aussi modeste soit-il.

***

À mon retour à *Yellow*, je savais que j'allais pouvoir compter sur l'expérience et le soutien de Valérie, mon amie parisienne, qui avait pris son billet d'avion le soir même de la naissance d'Évangélina. Mes parents, mon frère et ma sœur n'allaient pas tarder non plus à venir rencontrer notre fille. Et je ne doutais pas que les membres de la Maison Jaune allaient tous collaborer et participer à leur façon à cet événement. Depuis neuf mois, ils avaient été à nos côtés de façon inconditionnelle.

Millie était partie. Pourtant, je ressentais sa présence partout autour de moi. La maison qu'elle avait tant aimée m'enracinait et me soutenait. Et souvent, avec James, nous écoutions dans la bibliothèque la captation d'âme qu'elle avait commandée à Pacôme pour nous deux. Quand nous étions fatigués, elle nous redonnait de l'énergie. Quand nous doutions, elle apaisait notre esprit. Ses vertus étaient étonnantes, et il fallait vivre cette expérience pour la comprendre.

Souvent, dans cette atmosphère propice à l'introspection, en compagnie des livres, du majestueux piano et du grand portrait de Millie, James et moi faisions le point. Sur le grand canapé qui se prêtait aux discussions, nous prenions le temps de réfléchir à la situation afin de nous assurer que *Yellow* ne s'éloignait pas du projet de départ au gré de nos expérimentations. Nous voulions rester dans la philosophie de Millie : savoir donner et recevoir pour pouvoir tous vivre ensemble. S'aider les uns les autres. Et inculquer l'une de ses phrases fétiches à tout nouvel arrivant : « Les gens sont là pour toi, et toi, tu es là pour eux. » Ce lieu, notre lieu, nourri d'entrain et de sueur, devait porter l'empreinte de nous tous tout en demeurant à son image.

***

Trois ans plus tard, les talents du monde entier venaient à *Yellow* pour répondre aux grands défis de notre temps. Nous offrions aux pionniers les moyens de mener à bien des projets à impact positif et, ainsi, lutter contre le fléau de l'ignorance en décloisonnant la pensée. Tous les secteurs étaient concernés : l'alimentation, l'éducation, l'urbanisme, le développement durable et les énergies propres, l'intelligence artificielle, les transports… Durant ces trois années, nous avions accueilli presque 200 chercheurs qui avaient travaillé ensemble sur des prototypes de tout genre, qui s'étaient fédérés pour imaginer des villes intelligentes, des océans et des forêts préservés, des espaces naturels où il faisait bon vivre.

Évangélina, notre fille, grandissait dans ce contexte. Entourée de ces personnes dont la diversité était la force.

Voilà pourquoi les pierres s'étaient invitées dans ma vie. Il y avait les cieux, où Millie reposait, et les gemmes, joyaux de la terre. Entre les deux, nous étions là, James, Évangélina, et moi.

Ces dernières années, j'avais tout consigné dans mon petit carnet, car cela m'aidait à clarifier ma pensée, mes émotions et mes actions. J'avais tenté d'y mettre toutes les couleurs de ce que j'avais vécu à la Maison Jaune puis à *Yellow*, et plus particulièrement le jaune, qui avait accompagné ma renaissance. Ces notes étaient désormais rassemblées dans un livre, paru en librairie. Il était destiné à toutes celles et ceux qui ne font pas comme tout le monde, qui écoutent leur intuition et veulent créer, innover, tester de nouvelles pistes pour proposer autre chose aux nouvelles générations.

La question qui me taraudait, à présent, était de savoir comment faire perdurer l'esprit de *Yellow* dans sa globalité, comment le faire évoluer avec le temps, avec les technologies, et avec l'époque. Les réponses émergeraient sans doute dans les prochaines années, Mais déjà, les bases d'un nouveau récit étaient posées. Et je pouvais deviner ce qu'en aurait dit Millie : nous avions ouvert en grand une fenêtre sur d'autres possibles, et il ne tenait qu'à nous, les humains, de prendre la bonne trajectoire. Celle qui nous sauvera.

Imagine.

FIN

Remerciements

Merci à Sylvain Kupperroth, pomiculteur qui m'a ouvert les portes de sa maison blanche dans le Maine-et-Loire.
Merci à Dominique Mottaz pour les portraits musicaux.
Merci à toutes les Plumes qui ont assisté à la naissance de Yellow, m'ont soutenue et encouragée dans l'écriture de ce deuxième roman.
Merci à Constance Joly-Girard pour les conseils avisés et à Claire Mallet pour la relecture.
Merci aux équipes de Ramsay pour leur confiance.
Merci à ma chère famille.
Et bien sûr, merci à John Lennon.

Yellow
© Ramsay, 2024
ISBN : 978-2-81220-510-1
222, boulevard Pereire-75017 Paris
www.ramsay.fr
Réalisation : Ramsay Médias, Romorantin (41)
Imprimé en France par CPI (180403)
Dépôt légal à parution